中公文庫

透　明　標　本

吉村昭自選初期短篇集 II

吉村　昭

中央公論新社

目次

少女架刑　吉村昭自選初期短篇集Ⅰ

収録作品

透明標本

吉村昭自選初期短篇集Ⅱ

墓地の賑い

一

十日ほど前から、朝、学校へ行く時、幹夫は必ず雛《ひな》の入った新聞紙の包みをかかえて家を出るようになった。

裏木戸をあけると、広大な墓地が朝露に濡れてひろがっている。幹夫は、墓石の中の細い通路を巧みに縫うようにして進んでゆく。幼時から馴れ親しんだ遊び場であり、小学校、中学校への登・下校の通路でもあったので、おびただしい樹木と墓石で組み合わされたその広大な墓地の複雑なたたずまいも、幹夫の頭には鮮明に刻みこまれていた。

墓地清掃夫の見なれた青い服を警戒しながら、人気《ひとけ》のない墓地の一郭に足をとめると、あたりに気を配りながら、すばやくかたわらの大きな墓石の後ろにまわる。そして、体をかがめて新聞紙の包みを土の上に大きくひろげた。

二十羽近いヒヨコの死骸が、紙の中から華やかな堆積になってあらわれた。自然に籠《かご》の中で死んでしまったものが大部分だったが、中には生きつづける能力がないと見さだめられて首をねじられてしまったものもまじっていた。商品価値の失われたそれらの死骸を、屑……と、長姉の佐知子は呼んでいたが、毎日、必ず出るそれらの屑をどこかへ持って行って処分するのが、幹夫に課せられた役割であったのだ。

幹夫には、その義務をはたす適当な場所として、墓地以外の場所は思いつかなかった。墓地に隣接した家に生れ、そして育った幹夫の眼には、二つの区にまたがってひろがっているその広大な敷地が、豊かな能力をかぎりなく包蔵したものに映じていた。四季を通じて、樹木は季節季節の花を常に絶やさず、銀杏《いちょう》をはじめさまざまな木の実が惜しげもなく墓石や通路の上に降った。

新仏《にいぼとけ》の納骨のあとの華やかな造花の色、卒塔婆《そとば》の新しい木の肌の林立——それらが、墓地に絶えず新鮮さをあたえ、時折り縊死体《いしたい》や服毒死体が墓地の奥で発見されて、その個所に警官たちの手で縄が物々しく張りめぐらされたりした。

墓地はまた、生後間もない犬や猫の恰好な遺棄場所でもあった。墓地内にそれらの遺棄はきびしく禁じられてはいたが、通路に、まだ眼も見えない仔犬や仔猫があてどもなく歩いている光景は跡を絶たなかった。当然、かれらを待っているのは餓死だけであるはずだったが、それらがどのように処理されてしまうのか、墓地は常に清潔で、不思議とかれらの腐爛した死骸を眼にすることはなかった。

雛を処分する場所として、幹夫が無条件に墓地をえらんだのも、そうした幼い頃からの墓地の神秘的な能力に対する信頼感からにほかならなかった。

授業を終えて帰路につくと、幹夫は、その結果を眼でたしかめるために、その日えらんだ墓地の一郭に足を早めてゆく。

胸のときめきを意識しながら墓石の裏にまわって恐るおそるのぞきこんでみると、期待どおり雛たちの体は一羽も残さずに丁重に処分されている。ひろげられたままの新聞紙にも乱れはなく、ただ所々に土の附着した鋭い爪の跡らしいものが、幾筋かかすかに印されているだけであった。

鼬《いたち》か野生の猫の類いか、ともかく墓地に棲息する小さな食肉獣たちが、忠実な清掃夫の役目をはたしてくれているにちがいなかった。

その月の初旬、森閑としていた家に突然、雛の啼声《なきごえ》が満ちた時、二階の一室にとじこもりきりの次姉の緋紗の驚きは大きかった。

「佐知子姉さんが、商売をはじめたんですよ」

幹夫が説明してやっても、緋紗は不安げな眼を一層大きく見開いているだけであった。

雛の啼声と商売という言葉とがむすびつかず、それに階下から無数の雛の啼声が湧きあがってくることに、生理的な怖れも感じているらしかった。

緋紗は、長姉の佐知子とは異なって小太りで、二十歳を過ぎてもあどけない少女のような眼をしていた。その頃の緋紗は快活で、幹夫は、佐知子よりもこの姉の方により強い親しみをいだいていた。

幹夫の母は佐治家に後妻として入ったが、自分の生れが貧しいことを卑下していたのか、雇われた女のような身の処し方をしていて、二人の先妻の娘である姉たちからも、「千鶴さん、千鶴さん」と呼ばれていた。が、同じ言葉でも、緋紗の呼び方には、佐知子のよそよそしさとは異なって継母に対する親しみと単純な甘えとがふくまれていた。そして、幹夫の母が病死したとき、声をあげて泣いてくれたのも緋紗だけであった。

母を失った幹夫は、母の控え目な態度にならって二人の異母姉に殊勝な仕え方をしていた。そうした幹夫を緋紗はいじらしく思うのか、自分の部屋へ連れて行って菓子をあたえたり、時折り鏡台の前に坐らせては、色白の幹夫の顔に化粧をほどこしたりした。

ファウンデーションが丹念に塗られ、アイシャドウがひかれ、唇には紅が描かれた。ステージ化粧のような派手な化粧ではあったが、肌理《きめ》のこまやかな幹夫の肌には不自然さはなく、かえって目鼻立ちに初々しい色気が匂い出た。

緋紗は、白眼の青澄んでみえる幹夫の眼をいたずらっぽくのぞきこみながら、

「笑ってごらん」

とか、

「愛しているって言ってごらん」

とか、さまざまな注文を出し、幹夫がそれに素直に応じるたびに頬を上気させて笑っていた。

男気のとぼしい家の中で、緋紗は、華奢な容姿をした幹夫を珍重していたにちがいなかった。それだけに、佐知子が長身の伊東を婿養子として迎え入れた時、緋紗は無邪気なほどのはしゃぎ方をした。

緋紗は、毎朝、出勤する伊東の靴を入念にみがき、佐知子と二人で門の外に出て伊東を見送った。そして、夕食後、佐知子と伊東がくつろいで坐っているのを眼を輝かせて見くらべながら、

「お姉さま、おしあわせ？」

と、佐知子の眼をのぞきこんで言う。

「それはそうよ」

佐知子がとぼけて答えると、つぎには伊東に顔を向け、

「お兄さまは？」

と、声をかける。

無口な伊東は、ただ微笑を返すだけであった。

しかし、それだけで緋紗は十分に満足するらしく、姉と伊東の二人だけの雰囲気を乱すまいとして小賢《こざか》しく席をはずしたりしていた。

そんな他愛もない緋紗を、佐知子はひどくおかしがっていて、

「今に緋紗さんにもいいお婿さんを探してやるから」

と、悪戯《いたずら》っぽい眼をして冷やかしたりしていた。

半年ほどたった冬のある日、外出した緋紗は夜になっても帰らず、伊東も会社を早退したまま姿を消していた。が、佐知子は、妹と夫のことを直接むすびつけては考えなかったようだった。そして、佐知子は釈然としない表情で、毎日、二人の行方をもとめて心あたりを探して歩いていた。

十日ほどして事故が警察からの電話で報された時、佐知子は、受話器を手にしたまま意識を失って倒れた。二人は、埼玉県境に近い鉄橋の近くで列車に抱き合って飛びこみ、伊東は頭蓋骨をくだいて即死し、緋紗は両足を切断されたというのだった。

一カ月後、傷も癒え退院してきた緋紗の顔立ちは、すっかり変貌していた。二階へ運びあげられるときも、ひどく無心な眼を落着きなく動かしているだけであった。

緋紗の脚は、両足首がちょうど均等に失われていて、むろん歩くことはできなかったが、その脚に佐知子は義足を買いあたえはしなかった。家政婦にも二階へ上ることを禁じ、幹夫に命じて食べ残しの食事を運ばせ、掃除をさせていた。

緋紗は、幹夫が上ってゆくと、いつも畳の上に脚を投げ出したままひどく媚びた微笑を向けてきた。

あどけない明るさにあふれた眼は、いつの間にか狡猾な卑屈な眼の光に変ってしまっている。そして、自分の部屋にやってくる唯一の人間である幹夫を寸刻でも押しとどめようとさまざまな工作をする。

「足さきの小指がかゆくて、かゆくて」

幹夫は、思わず「コユビ?」とき返してしまう。

「無い指なのにおかしいでしょ。でも無性にかゆくてひとりでに手がそこへ伸びてしまうのよ。だけど無いものは無いんですものね。ところが切れた肉の部分を掻くと、かゆみが消えるのよ。足指の神経が、そこに切れたまま残っているのね」

そう言って、緋紗は、細い指先で両足の切断された部分をまくってみせる。その先端には、赤い残り毛糸で編んだ円筒形の袋がかぶせられている。冷えをふせぐためのものなのだが、粗末な寝巻しかまとっていない緋紗の体には、左右同形のその袋がただ一つの彩りになっていた。

二

養鶏場から持ちこまれてくる竹製の籠の中には、一律に五十羽ずつの雛がつめこまれていた。

籠の側面にある小さな扉が開かれ、棒で後ろからつつかれ追われると、雛たちは、籠の中から扉の前に伸びた角型の樋《とい》の通路に出てくる。そして、後ろからつづいて出てくる雛たちに押され押されて、細い狭間《はざま》のような通路を進むと、上方に待ちかまえていた噴霧器から不意に染料の霧が浴びせかけられる。

思いがけない霧の雨に一瞬、騒乱がかれらの間に起るが、樋は数カ所直角に屈曲しているので、駈けぬけることも引き返すこともできない仕組みになっている。

雛は、棒に追われて後から後から押されてくる。仕方なく雛たちは、雨に打たれた旅人の群れのように、樋の中を先へ先へと進んでゆく。中には樋の片隅に立ちどまり、液のしぶきを眼を細めてじっと浴びている雛もいた。

やがて、雛たちは、樋の通路のはずれにもうけられた籠の中にたどりつく。そこで雛たちは、生毛《うぶげ》を逆立て一斉に全身の毛をふるわせて液をはじく。上方の部分だけ一様に染料に染まった雛たちは、同色の雨合羽を羽織った幼児の群れのように見えた。

雛が籠の中に一羽残らず入るのが見さだめられると、次には籠が吊しあげられ、下方から染料の液が激しく吹きつけられる。腹部の白っぽい生毛がなびき、足ぶみをして立ち騒ぐ雛たちの体は、たちまち染料の色に染まった生毛に変ってゆく。緋色、オレンジ、ピンク、草色、ブルー、菫色《すみれいろ》、紫と、七色の雛たちが籠別につくられ、脚、嘴《くちばし》に附着した染料がベンジン油で一羽ずつぬぐい落されると、華やかな色の生毛につつまれた雛が一籠ずつ出来あがっていった。

作業場にあてられているアトリエの中には、活気がみちあふれていた。三人の雇われた女たちはゴムの前掛姿で噴霧器をにぎり、一人は染色された雛を一羽ずつ同色のビニールの小さな鳥籠に入れてゆく。華やかな色彩とおびただしい雛の澄んだ啼声にあふれたアトリエには、作業場という概念とはほど遠い明るい殷賑《いんしん》が常にただよっていた。

佐知子は、染色雛をつくるようになってから、朝早く目をさまし入念に化粧をすると、セーターにスラックスという軽装で、まず、アトリエをのぞき、それから一羽ずつ雛を入れたいくつかの鳥籠をオート三輪の荷台にのせ、助手台に乗って出掛けてゆく。

帰りは時折り夜になって、稀には酒に酔って帰ってくることもあったが、そんな時の佐知子はきまって機嫌がよく、流行歌を澄んだ声で口ずさんだりしていた。

「どうお、お姉さま、商売、うまいでしょ」

佐知子は、幹夫を居間に連れてゆき、洋菓子の箱を開いてすすめたりする。

幼い頃から佐知子に親しげな声をかけられたことのない幹夫は、途惑ってそれに調子を合わせているだけだった。

初め、佐知子は、画塾に通っていた頃の画材を引き出してきて、路傍で買いもとめた数羽の電気雛に色を塗り、それを大胆にもデパートの宣伝部に持ちこんだのだ。

「ヒヨコは、一羽で四十円儲《もう》かるのよ。毎日、六百羽は出るからね。今にお姉さまはすごい お金持になってみせる」

佐知子は、酔いのよどんだ眼を輝かす。

佐知子の話によると、この家は亡父の借金ですでに知人の名義になっていて、早晩立ち退かねばならないことになっているという。佐知子は、雛で儲けた金を資本にして、繁華街で小さな装身具の店を出すことを計画しているのだ。

証券や家財を売却すること以外に収入を得るすべを知らないでいた佐知子は、ささやかながらも仕事をはじめて、しかも、順調にことが運ばれていることで少しは気持も明るんでいるようだった。

「いつかデパートへ連れて行ってやるからね。お前にもヒヨコの人気を見せてやるよ」

佐知子は、必ず席を立つ時、口癖のようにそうつけくわえるのが常だった。

しかし、佐知子は、翌朝になるとそんな約束をしたことは忘れてしまうのか、いつもの取り澄ました表情で幹夫に声もかけてくれない。滅多に遠出する機会に恵まれない幹夫には、それがひどく物足らないものに感じられていた。

ようやくある日曜日、佐知子が思いついたように、幹夫に三輪車の後ろに乗るようにと言ってくれた。幹夫は急いで自分の部屋にもどり、学帽をかぶると雛の籠の積みこまれた荷台の隅に乗りこんだ。

三輪車が小刻みにゆれながら走り出した。

幹夫は、荷台の隅にしゃがんで見なれない街々に眼をこらしていた。家族連れらしい小型の乗用車が、三輪車を追いぬいてゆく。都電の車体が、威嚇《いかく》するように後ろからせまってくる。三輪車は、しばしば信号でとまった。

車体のきしみとエンジンの騒音がしずまって、急に雛の啼声が広い路上にあふれ出ると、周囲に停止している車の運転手たちが、例外なくいぶかしそうな視線をこちらに向けてきた。

初めのうちは、幹夫も眼のやり場に困って顔を赤らめていたが、信号にかかる度に同じ現象が繰返されるので、なんとなく幹夫はおかしくなり、荷台の隅に身をすくめて運転手たちの表情をぬすみ見ていた。

幹夫は、時々眼の前のシートをそっとめくっては、染色された雛たちをのぞきみた。薄暗がりの中で、雛たちは車の動揺によろめいて鳥籠に体をぶつけたりしていたが、中には、眼をいからし脚を突っ張って震動に堪えているものもあった。

初秋の街々を通りぬけて、車はデパートの裏手についた。雛たちを入れた籠は、オート三輪の運転手の手で地下室の仕入部に運びこまれた。

佐知子は、宣伝部と木札のかかった机の近くにゆき、来客と話しこんでいる痩せた浅黒い男に丁重に挨拶をすると、少し離れた小さな丸椅子に腰をおろした。

「三階の毛糸売場だから、行って見てきてごらん」

佐知子が、幹夫に言った。

幹夫は、仕入部をぬけ出ると建物ぞいに正面入口にまわり、明るい売場の中央にあるエスカレーターに乗った。

三階にあがると、幹夫は周囲に視線を走らせた。広い売場には、応対する店員や客の声や包装紙をつつむ音などが雑然とした明るい物音になってひろがっていたが、それらの中から澄んだ雛の啼声が幹夫の耳にふれてきた。

幹夫は、啼声のする方向に足を向けた。売場の一郭にかなりの人だかりがしていて、雛の声はその中から湧き出ていた。人々の顔は、一様にやわらいでいた。子供を抱き上げて中をのぞきこませている中年の男もいた。

七色の虹、レインボー毛糸宣伝販売中、と書かれた大きなパネルが上から垂れ、虹の彩帯の配列どおりに、七羽の雛たちが毛糸を小さな嘴でくわえているポスターが壁に貼られていた。

幹夫は、人々の後ろから中に割りこんだ。ビニールの鳥籠に入った七色の雛たちは、毛糸の陳列されたショーケースの上に等間隔に置かれている。蛍光灯の光の立ちのぼるガラスの上に載せられた雛たちは、染色された生毛を温かそうに光らせ、セルロイドのような嘴や脚の爪を艶々《つやつや》としてみせていた。中にはショーケースのガラス面から湧きあがる温気《うんき》で眼をとじ、体を揺らせて悠長に居眠りをしている雛もいた。

二五〇グラムお買上げの方に、虹の国のヒヨコ一羽プレゼント、と赤い文字の記された長い紙が垂れさがっている。むらがっている客のほとんどは、雛を物珍しげにながめている者ばかりであったが、それでも中には買いもとめる客もいて、そのたびに好みの色の雛を入れた小さな鳥籠が、レジスターの後ろから取り出されて客に手渡されていた。

幹夫は、雛を持ち帰る人々の好奇に満ちた顔を見つめながら、ガラスケースの前にいつまでも体を押しつけていた。

やがて、幹夫は、姉のことを思い出して売場を離れ、小走りに階段を駈けおりた。光の氾濫に馴れた眼には、デパートの地下にある仕入部がひどく陰気なものにみえた。その片隅の丸椅子に、佐知子はつつましい姿勢で坐っていた。

「見てきました。すごい人気ですね」

幹夫は眼を輝かせて低い声で言ったが、佐知子は素気なくうなずいてみせただけであった。

客を送り出した痩身の男が、立ってきた。

「ちょっと、お茶でも飲みましょう」

男は姉に声をかけ、入口の方に歩き出した。姉が、急いで腰を上げた。

男は外に出ると、ズボンのポケットに手を入れ、後ろを振向きもせず細い路を幾つか曲り、小さな喫茶店のドアを押した。

椅子に坐ると、男はコーヒーを注文した。

「弟です」

佐知子が紹介すると、男は、煙草をくわえたまま軽くうなずいた。

幹夫は、くぼんだ男の眼が冷たく光っているのを意識しながら、安手な熱帯魚の泳ぐ水槽に接した席に一人で坐った。

「昨日、また、田村がやって来ましたよ」

男は、ちょっと上眼で姉の顔を見ながらかすれた声で言った。

「前の日には、九十八円でと言っていたでしょう。それが、昨日来たときは、九十三円でいいと言うんですよ。そうなると、あんたの所より十五円安いことになりますからね。今日、朝早くレインボー毛糸の方から電話がありましてね、田村養鶏場の方から仕入れたいと言ってきましたが……、何しろ、田村の方じゃヒヨコはただで、染料の費用と鳥籠代と手間さえあればいいと言っているんですから……。ヒヨコを自分の所でつくっているだけに強いですね」

幹夫は、姉の横顔をぬすみ見た。佐知子は、表情をこわばらせ少し顔色を変えていた。

「でも、あれは、私の創案なんです」

姉の声は、うわずっていた。

男は、薄ら笑いを浮べると、コーヒーを飲みながら、

「そりゃだめですよ、佐治さん。もちろんあなたが染色ヒヨコを持ちこんで来たんだが、あの染色ヒヨコは特許でも取ってあるんですか？　そうじゃないんでしょう。そうでなかったら、あんたが負けますよ。値段の勝負ですからね。そんなこと、あんたが言ってみたってだめですよ」

男の突き放すような声に、幹夫は背筋の凍るような思いがして、薄い背びれをもった熱帯魚の眩しい鱗を見つめていた。顔色の悪い痩せぎすなその男の存在が、急に重苦しいものに思われてきた。

「ところで、あなたの所では、ヒヨコをいくらで仕入れているんです」

気分を変えるように男が言った。

「十八円です」

姉のきっぱりした声が、それに応えた。

「それは高いな。もっとも今は季節はずれだから高いのも無理はないが、春には一羽七円か十円らしいな。今でも十三円ぐらいが相場らしいですよ」

「そうですか」

姉の声は、惨めなほど弱々しかった。

「田村にきいたんですがね。春には始末に困って、豚の飼料に売るんですってね。他の残

飯やなにかと一緒に煮込んで食わせるそうじゃないですか。あれは、みんな雄なんでしょう、だから卵は生まないし用にはたたないから捨値で処分するんですよ。十八円はボラレすぎですね。ともかく十五円も値の開きがあっちゃ、レインボーもよろめくのは当然ですよ」

それきり、男の声はとぎれた。白々しい素気ない沈黙がひろがった。幹夫は、男の冷えびえした言葉におびえを感じて、体をかたくしていた。

「どうしたものかな」

男の声がきこえた。思案しているような、答えをうながしているような複雑な声であった。

コーヒーカップを口もとに持ってゆく姉の白い手の動きが、水槽のガラスに薄く映った。

「いかがでしょう、今夜、お食事でもしながら御相談に乗っていただけません?」

姉の声は、平静だった。

「そうですね」

男の声は、その言葉を待ちうけてでもいたらしくあっさりとそれに応じた。

「私にしても、あなたのアイディアをレインボーに紹介したんですから、他に持ってゆかれるのは本意じゃないんですよ。それに、レインボー毛糸の売上げも予想以上の成績ですしね。ようやくうちに口座をつくってもぐりこめた中流紡なんですから、私のいうことは何でもきくんですけど……。まあ、ともかく今夜お会いしてゆっくり話しましょうよ」

男は、仕事があるからと言って立ち上った。

姉が代金を払って、三人で外へ出た。男は、姉と肩を並べてなにか話しながら細い道を幾曲りかして、表通りへ出た。そして、あらたまった表情で挨拶をすると、巨大なデパートの建物の方へゆっくりと煙草をくわえながら歩いて行った。

姉は、手をあげるとタクシーを呼びとめた。クッションに身を埋めた姉は、黙ったまま車窓の外をながめていた。

幹夫の凍りついた胸の冷えはまだ残っていて、体に時々得体の知れぬ抑えきれないふるえが起っていた。

その夜、姉の帰宅はひどく遅かった。幹夫は、眠気をこらえて起きていたが、それにも限度があって、いつの間にか眠ってしまった。何時頃か、かれにはわからなかったが、部屋の雨戸をたたきながら、幹夫、幹夫とひそかに呼ぶ声に目をさました。

玄関の戸をあけると、夜の闇の中に夜明けに近いよどんだ気配がただよっていた。

姉は、珍しく化粧を落した青ずんだ顔をしていて、なんとなく弱々しい目つきをしていた。そして、「お休み」と、妙に優しい声で言うと、奥の洗面所の方へ廊下を渡って行った。

幹夫は、ふとんの中に身をすべりこませ、闇の中からつたわってくるかすかな水の音にき耳を立てていた。姉が酒の気配もないらしいことが、幹夫に不安を感じさせた。幹夫の視線をまばゆそうに避けていた姉の眼に、かれは、漠とした秘事の匂いをかぎとっていた。

やがて、水の音がやんで、寝室に入ってゆく姉のひそやかな足音がした。

家の中が、森閑とした。

その静寂の中に、始発の電車らしい発車音が白々した響きになってきこえてきた。

三

「お姉さま、夜明けに帰って来たわね」

幹夫が朝、ふとんをあげにゆくと、緋紗は、畳の上に這い出て眼を光らせながら言った。

幹夫は、黙ったまま生温かい匂いのするふとんを押入れに入れた。

「相手の人はどんな人なの、知っている？」

緋紗は、顔を伏せたまま言った。

幹夫は、一瞬、答えに窮した。佐知子は、昨夜、デパートのあの頬骨の張った男に会っているはずであった。

「知りません」

幹夫は、言った。

「そうお」

緋紗は、毛糸の袋を足袋《たび》でもはくように足首にはめていた。その口もとに薄い微笑がただよっていた。

佐知子とデパートの男との話合いがついたのか、雛の染色作業は中絶する気配はなく、むしろ毛糸の需要期を迎えて出荷の量も少量ずつ増していった。

深夜、帰宅することの多くなった佐知子は、機嫌よくもどることは稀で、その顔にはいつも白けた疲労の色が濃くこびりついていた。

睡眠不足もあって、佐知子の眼は昼間でも苛立ったように血走っていた。そして、アトリエに入って、作業をしている女たちに鋭い叱責を浴びせかけたり、電話口で姉とは思えぬ荒い語気で養鶏場に雛の催促をしたりしていた。

夜遅く帰った翌朝でも、佐知子はきまった時間に床を離れ、作業のはじまる前にアトリエに行って、必ず雛の入っている籠の中を仔細に点検するのを習慣としていた。

アトリエの中には雛を養うための特別の設備はなく、ようやく秋めいてきた空気に雛たちは、竹籠の中で互いの体を寄せ合って冷えをしのいでいた。が、それでも一籠に必ず一、二羽の斃《たお》れている雛が見出され、それらの雛の死骸は、他の雛たちに無造作にふみつけられたり、閉じられた柔かそうな瞼の上を執拗に嘴でつつかれたりしていた。

佐知子は、まずそれらの雛の体を取りのぞき、それから鋭い目つきで籠の中の雛の動きを凝視する。必ず数羽の動きの鈍い雛が佐知子の眼にとらえられる。佐知子は、それらを一羽ずつつかみ出すと床の上に置き、マニキュアの塗られた尖った爪で雛の尻を小刻みにつつく。雛はおびえて数歩足を動かすが、それがたびかさなると、大儀そうにたたずんだまま動かなくなり、強く押すとよろめいて倒れるものもあった。

佐知子は、そうした弱った雛を見出すとつかみ上げ、心細そうに啼く雛の頭部を指先でネジでもまわすように一回転させる。頸骨の折れるポチンというかすかな音が起る。指の骨を鳴らすのに似たその音を耳で楽しんでもいるように、佐知子は手慣れた仕種《しぐさ》で、雛の頭をねじってゆき、無造作にその体を屑箱の中につぎつぎに投げこんでいった。

幹夫は、毎朝、箱の中の雛たちの体を新聞紙に移して紐をかける。黄色いままの雛の死骸がほとんどであったが、稀には染色された雛の体がまじっていることもあった。

「幹夫ちゃん、あなたが朝、新聞紙につつんでゆくもの、あれ何なの？」

夕方の掃除にあがってきた幹夫に、緋紗は遠慮がちに声をかけてきた。

「屑ですよ」

幹夫は、警戒しながら答えた。

「クズ？」

緋紗は、眉根を寄せた。

「ヒヨコの屑。死んだヒヨコですよ。捨てなくちゃなりませんからね」

幹夫は、面倒臭そうに言った。

「そうお、死んじゃったヒヨコなの」

緋紗は、ようやく納得したらしくうなずいていた。

それから半刻ほどして夕食を持ってゆくと、緋紗の眼に哀願の色が切なく浮んでいた。

「ねえ、幹夫ちゃん。私に屑のヒヨコ一羽頂戴、大切にするから」

幹夫は、露骨に表情をくもらせた。

「いいでしょ。どうせ捨てるものなんでしょ、頂戴、ね」

緋紗は、甘えた声で首をかしげて幹夫の顔を見上げている。

「そうですね」

幹夫は口ごもった。かすかなすきを見せると、緋紗は、異母弟であるという幹夫の弱味につけこんですばやく食いこんでくる。

たとえ死んだ雛ではあっても、緋紗の部屋に持ちこむことは佐知子が決して許さないだろう。這って二階の便所に用を足しにゆく以外、部屋から出ることのない緋紗には、死んだ雛でも無聊《ぶりょう》を慰めるものになることが十分に予想されるからなのだ。

緋紗が二階に運び上げられてから、佐知子は、緋紗が這って到達できる範囲内のあらゆる慰みをあたえる可能性のあるものを、徹底的に取りのぞいてしまっている。二階の書棚に並べられていた書籍も、緋紗をたのしませることのないようにすべて階下におろされた。

階下でラジオやテレビをつけるときも、二階にまで達しない程度に音量を極度に制限している。思いもかけなかった妹の背信を、佐知子は、そうした監禁状態に置くことで報復しているのだ。

翌朝、幹夫は、雛を新聞紙につつみこむ時、さすがに一瞬ためらいを感じた。一羽の雛だけなら盗み取ることは決して至難なことではなかったが、万が一佐知子に知られた場合のことを思うと、心がたちまち萎《な》えてしまう。それに、緋紗の言いなりに素直にしたがってしまうことにも、抵抗する感情がある。

幹夫は、包みをかかえると、重苦しい気分で裏木戸を押した。自分の背一面に、緋紗の視線がべったり貼りつくのを意識した。

幹夫は、体をかたくして朝露に濡れた墓地の通路を歩きつづけた。緋紗のささやかな願いをきき入れてやらなかったことが冷酷にも感じられて、後ろを振向くことが恐しかった。

幹夫は、一定の歩度で歩きつづけ、ある通路の角にくると、素早くかたわらの太い椎《しい》の幹のかげに身をひそめ、恐るおそる木の間がくれに家の二階を遠くうかがった。

膝を立てているのか、緋紗の色素のうすい顔が手すりの枠の間からのぞいている。顔はたしかにこちらに向けられているのだが、不意に幹夫の姿を見失ったらしい不安定な心の動きがその姿勢にもあらわれていて、体をのばし、幹夫の身をひそめた墓地のあたりを探っているらしかった。

幹夫は、そのひたむきな眼の動きに恐れを感じた。緋紗は、首をしきりに動かしながら幹夫の姿をとらえようとしている。

幹夫は、学校の方角にむかう通路の状態を眼でしらべた。墓地の生垣が、葉を深々と繁らせている。幹夫は、背をかがめると、用心深く生垣の下を通路から通路へと巧みにつたって小走りに駈けた。そして、家が樹葉のかげにかくれてしまったのを確かめてから、近くの大きな墓石の裏に雛を捨て、学校の方向へ歩いて行った。

その日の夕方、二階へ上って行くことが恐しかった。二階の窓から自分を探っていた緋紗の眼を思い起すと、憤りが予想できて足がすくんでしまう。が、幹夫は、仕方なく夕食の箱膳を手に上って行き、襖《ふすま》をあけ、

「お姉さん、ヒヨコは明日の朝持って来ますからね。今日はなかなかすきがなくて……」

と、微笑を浮べて言った。

「ほんとに明日ね。待っているわ」

緋紗の眼は、幹夫の眼をのぞきこんでいた。

幹夫は、微笑のこわばるのを意識しながら緋紗の前に箱膳を据えた。

緋紗の巧妙な術策に乗せられてしまったことを腹立たしく思った。緋紗は、幹夫が墓地の中に突然姿を消してしまったことを責める素振りは全く見せず、幹夫の口から自然と確約させるように仕向けている。

仕方なく翌朝、幹夫は、一羽の雛の死体をひそかにポケットに忍びこませると、階段を上って行った。

緋紗は、待ち兼ねていたらしく雛の体を細い指の中につつむように押しいただくと、眼を他愛なくうるませた。

「佐知子姉さんには内緒なんですからね」

幹夫は、緋紗の感情の動きがあまりに激しいので、不安になって何度も念を押した。

緋紗は、素直にうなずきながら硬直した雛の死骸を頬にふれさせていた。

四

多量の捌口《さばきぐち》の注文がきて、養鶏場から仕入れられた雛の籠は、アトリエだけに入りきれず廊下にも堆《うずたか》く積み上げられた。雛は、デパートへの毎日の出荷以外に、日に二百羽ほどずつ染色されてストックされていった。

雛は、孵化した時から腹部に黄味を一つずつ抱いてそれを少しずつ吸収し、一週間近くは餌なしで生きつづける能力があるという。が、それでも三日、四日とたつうちに、さすがに衰弱してゆくものが増して、朝、幹夫の持って出る雛の死骸も、新聞紙一枚では到底つつみきれぬ日が多くなった。

「忙しそうね」

緋紗は、階下のおびただしい雛の啼声に眼を見はっていた。

いつの間にか緋紗は、幹夫の持って行ってやった雛の腹を開き、内臓を取り出して、そこにアルコールを浸ませた脱脂綿をつめこんでいた。むろん、生毛の光沢は薄れ、脚の先端もすっかり乾いてかじかんでいた。が、緋紗は、雛を貴重なものでも扱うように寝巻の間に入れていて、時折り衿もとからつまみ出しては、嘴を唇にあてたりしていた。

数夜、残業がつづいて、ある日曜日の朝、幹夫は、佐知子とオート三輪二台に千羽の染色された雛たちをのせて、私鉄で経営している大きな遊園地にむかった。

遊園地などに馴染《なじ》みのうすい幹夫は、さまざまな趣向をこらした遊戯具の点在する樹木にふちどられた広大な敷地に眼をうばわれた。そして、傘の骨のような観覧車の鉄骨が、塗装された箱を吊して銀色に光りながらゆっくりと動いてゆくのをながめていた。

会場は、その敷地の一隅にある円形の広場であった。広場の入口には、レインボー毛糸祭りと記されたアーチが立ち、広場には、色とりどりの万国旗が紐につるされて放射線状に走っていた。

その日、第一回の催しは、午前十一時からおこなわれた。

広場の周囲には、定刻になると円形に綱が張りめぐらされ、スピーカーで呼び集められた入園者たちが、大きな輪をつくって好奇の眼を広場の中央に注いでいた。そこには、四個の籠から出された二百羽の雛たちが芝生の上に放たれていた。

はじめ、雛たちは、籠から出されると、しばらくは広々とした空間に途惑っているらしくそれぞれの色同士で寄りかたまっていた。ちょうど、緑色の絨毯《じゅうたん》の中央に描かれた華麗な花弁の紋様のように、その色の組合せは鮮やかだった。

やがて、雛たちは広い芝生の上にもなじんだのか、少しずつ動きはじめて、互いに他の色とにぎやかに交叉しはじめ、万華鏡に似た色の変化をしめしはじめた。その可憐な色の集団は、徐々に密度を薄くして広く芝生の上にひろがっていった。

幹夫の耳に、突然、号砲の鳴るのがきこえた。同時に、広場の周囲の綱がはずされ、そこから一斉に人々の走り出すのが見えた。

人々の輪は、たちまち色彩の散った中央部に走り寄ってゆく。子供を抱いて駈ける男、一心に走る少年たち、それらが華やかな色彩の中に踏みこみ、またたく間に雛の色は人々の体にさえぎられて見えなくなった。

陽気な混乱が、広場の中央で起っていた。幼児の泣声や嬌笑もまじって、人々の体は立ちのぼる砂埃の中でひしめき合っていた。

しばらくして雛が取りつくされたのか、人々の動きがしずまった。得意げに両手に雛をつかんでいる者もあれば、未練げに広場を見まわしている者もあった。広場は、和やかな笑いにあふれていた。

スピーカーから賑やかな音楽が流れ出て、人々は、広場の周辺にもどりはじめた。

やがて、音楽がやむと、係員が、見物人の中から一人の少年をえらんで広場の中央に連れ出した。少年は、面映ゆそうに抽籤箱《ちゅうせんばこ》の中に手を入れ、一枚の札をぬき取った。当籤番号が、スピーカーでアナウンスされた。

広場の隅にある受付の机の前には、さまざまな色の雛が持ちこまれてきた。毛糸会社の社員たちは愛想よく応接し、雛の脚につけられた番号札をたしかめては、それとひきかえに小さなビニールの袋に入れられた毛糸をつぎつぎに手渡していった。

思いがけぬ景品を手にして、人々は嬉しそうに広場から出て行ったが、靴にふみにじられた雛を手にしている人々の多くは、傷ついた雛を樹の繁みの奥や屑入れの中に無造作に投げ捨てていった。

その日、幹夫は、脚のねじれた雛や生毛の中から桃色の肉をはみ出させた雛の体を数え切れぬほど多く眼にした。まだ生きているものもいて、それらは時折り物憂げに眼を開き弱々しい声で啼いていた。

夕方、幹夫は佐知子と別れて、混雑した電車に乗って家に帰った。筋肉がほぐれてしまったような埃っぽい疲労が体にひろがっていた。

家の中には、明日、デパートに出荷される雛の啼声がしていた。すでに孵化した瞬間から雄であるということのために、廃物として処分される宿命を背負わされている生命たち。それらが可憐な美しい生毛と体形をそなえているだけに、一層哀れな感じが濃かった。

姉の商売という言葉の実態を、幹夫ははっきりと知った。生毛に染料を吹きかけられ毛糸販売の宣伝具に使われて死んでゆく雛たち。それは、豚の飼料に煮こまれる雛たちと同じ程度の薄い宿命にちがいなかった。

その夜、十時頃、佐知子は、デパートの痩せぎすな男と会場で見かけた若い社員を連れて、上機嫌に酔って帰って来た。

「おお、おお、ピーピー啼いてる、啼いてる」

痩せた男は苦笑していた。

居間に佐知子の手でビールが運ばれ、賑やかな騒々しさが家の中にひろがった。

若い社員は、空疎なお世辞をしきりと繰返し、時折り、佐知子の珍しくはずんだ笑い声もしていた。

一時間近く他愛ない談笑がつづいて、ようやく客たちは腰を上げた。玄関の外まで送って出た姉に、若い社員が礼を言っているのがきこえていた。

急に、夜の静寂がもどった。

幹夫は、ふとんの中にもぐりこんだ。家の空気を無遠慮にかき乱していった二人の男に、重苦しい不快感をおぼえた。幹夫は眉をひそめ、闇の中でかたく眼をとじた。広場の周辺や屑入れの中に折り重なって捨てられていた雛たちの死骸が、いつまでも瞼の裏に残って消えなかった。

どれほど時間が経過した頃か、夢現《ゆめうつつ》に呼鈴が鳴ったのを意識した。

「どなた」

佐知子の声が、玄関の方できこえていた。

幹夫は、眼をあけた。

格子戸の開く音がし、玄関の外で低い男の声がしている。それは、頬のこけた男の嗄れた声にちがいなかった。

姉の声が、なにか受けこたえをすると、男の低い笑い声がきこえ、靴音が玄関に入る気配がした。

姉と男の足音が、廊下をひそかに居間の方へつたってゆく。襖をしめたのか、居間の方で姉と男がひそかになにか話しているらしい声が、真綿につつまれたようにこもってきこえ、それも、いつか絶えた。

幹夫の眼は、冴えかえった。

姉は、男がもどってくるのをあらかじめ知っていたのだろうか。それとも気まぐれに引返してきた男を、商取引の目算からやむを得ず家に入れたのだろうか。

家の中に、物音は絶えた。男が家の中に入ったことが錯覚だったのではないかとさえ疑われるほどの深い静寂だった。

幹夫の神経はたかぶったが、昼間の疲労から時折り軽いまどろみが訪れてきた。

かなりの時間がたった頃、かすかな物音に意識が冴えた。姉のらしいひそかな足音が、廊下をつたって玄関の敷台の上までくるととまった。男の靴をつかんだらしく、たたきに靴底の鋲《びょう》のすれる音がかすかにした。やはり男は、家の静寂の中に息づいていたのか。

姉の足音がもどり、廊下の曲り角で別の足音がそれに合流した。

二人の足音は、勝手口の方へ進んでゆく。止め金をはずす音が、思いがけない澄んだ音になって家の中にひびき、裏手の木戸の開閉するきしみ音がきこえた。

幹夫は、青みをおびはじめている天窓を見上げた。朝霧の白々とただよう墓地の通路を背を丸めて足を早めてゆく男の後ろ姿が、幹夫の脳裡にはっきりと浮び上った。

五

翌朝、幹夫は家政婦に声をかけられて床を離れた。佐知子と顔を合わせるのが気まずく思えた。が、姉は、すでに鏡の前に坐って朝の化粧をはじめていた。

「お早うございます」

幹夫は、幼い頃からの習慣で手をついた。

「お早う」

姉のいつもと変らぬ落着いた顔が、鏡の中で軽くうなずいた。

　幹夫は、放心した表情で部屋を出た。なんの変哲もない朝であることが不可解だった。家の中にも、昨夜の男の気配は跡かたもなくぬぐい去られている。

　姉は、恐らく幹夫に気づかれていることを知っているのだろう。それを羞じて、姉は必要以上に落着いた態度をとっているにちがいない。

　幹夫は、ようやく自分の置かれている立場を理解した。自分さえ口にしなければ、佐知子の秘事は完全に守れるにちがいないのだ。それに孤児同然である身を考えれば、昨夜のことは全く気づいていないように装わなければならない立場にあるのだ。

　しかし、意外にも昨夜のことに気づいていたのは、幹夫だけではなかった。

「ずいぶんほっそりとした体つきの人なのね」

　二階に上ってゆくと、緋紗が、寝足りない充血した眼で言ったのだ。

　幹夫は、思わず自分の秘事をあばかれたように顔を赤らめた。緋紗は、部屋の窓から夜明けに裏口から出てゆく男の姿を見送ったのだろう。

　幹夫は、黙って箸を動かしている緋紗の横顔を見つめた。階下からのひそやかな物音に一晩中耳を澄ましていた次姉の神経に、幹夫は尋常でないものを感じとった。そして、佐知子の秘事を自分だけが知っているというひそかな愉しみに似た感情が、緋紗の言葉でもろくも突き崩されてしまったのを感じていた。

秋色が濃くなって、銀杏の葉が黄色く染まった。墓の樹木は常緑樹が多いためそれほどの変化はなかったが、それでも樹木が多いだけに落葉するものもあって、通路や墓石の周辺には枯葉が厚く散り敷いていた。

墓地の所々には、終日、枯葉を集めて焼く紫煙が立ちのぼっていた。四季の中で、清掃夫たちの最も多忙な時期であった。

緋紗は、手すりにもたれて墓地を見おろしていた。二人づれの男女が、人気のない通路をひっそりと散策していることもある。勤人風の男も通る。緋紗の関心はもっぱら墓地内の通行人に注がれていて、手すりの枠に顔を押しつけ、樹葉のかげに人の姿が没してしまうまで眼をこらして見送っていた。

学校からの帰途、幹夫は、遠い墓地の通路からよくそんな緋紗の青ずんだ顔を眼にすることが多かった。西日を一杯に受けた手すりの間から、毛糸の袋につつんだ両足を垂らし、放心した表情で日を浴びている緋紗。

幹夫は、緋紗の眼にふれることを避けるため意識的に遠く墓地を迂回して家にたどりついたりした。

その頃、幹夫は、家の近くの墓地で熊手を手に墓地の中を移動している見なれぬ若い清掃夫を眼にするようになった。墓地は、東・西・南・北に四つに大きく分けられ、その一つ一つがまた小さな区画に分けられている。清掃夫たちは、一人ずつその小区画の清掃・

管理を分担しているのだ。

幹夫は、墓地の中に散っている数十人の清掃夫たちの顔を見知っていた。かれらは、十年、二十年と長い間その職から離れぬ者が多く、中年以上の男がほとんどだった。若い清掃夫は、新しく雇い入れられたらしく、熊手を扱う手つきもなんとなくぎこちなかった。それに、まず、清掃夫特有の暗い眼もしていない。絶えず怠惰な微笑が、埃っぽい眼の中にやどっていた。

幹夫は、本能的にこの男に警戒心をいだいた。筋肉質の体つきや浅黒い顔からは、野性的な敏捷さが直感的に感じられる。幹夫は、雛の遺棄を見とがめられる危険を感じて、なるべくその清掃夫の眼を避けて路を進んだ。

しかし、ある朝、家の近くの通路で、幹夫は、自分の進んでゆく方向に枯葉を物憂げに掻き集めている若い清掃夫の姿を認めた。引返すわけにもゆかずそのまま歩いてゆくと、男が不意に顔を上げた。

幹夫は、体が冷えるのを意識した。

男が熊手をもつ手をとめ、眼に笑いを浮べながら幹夫の眼を探るように見つめている。

幹夫は、顔色を変えた。腋《わき》の下にかかえている雛の包みがひどく嵩《かさ》ばって意識された。

「坊や」

体をこわばらせたまま通りすぎようとした時、男の口から声がもれた。

幹夫は、足をすくませ、おびえた眼で男の顔を見上げた。

男の眼は、笑っていた。

「お前、あそこの家の子だろ」

男は、幹夫の家の方向にちょっと顔を動かしてみせた。

「そうです」

幹夫は、男の顔を見つめた。

「二階にいるの、お前の姉ちゃんかい」

幹夫はうなずいた。

「病気なのかい」

男は、熊手の柄の先を頬にあてて親しみのこもった声で言った。

幹夫は、一瞬、口ごもったが、

「そうです」

と、答えた。

「やはりそうかい。いいんだ、それだけだ」

男は、そう言ってまた歯をのぞかせた。

幹夫は、通路を歩き出した。冷たい汗が背筋を濡らしていた。新聞紙の包みを見とがめられなかったことに安堵したが、緋紗のことを口にしたときの男のねばりつくような眼の色が気がかりだった。終日、手すりにもたれている緋紗に清掃夫が気づいたことは、自然なことにちがいない。が、男の眼の色には、それを越えた不逞な意味がこめられているように思えた。

その日の午後、幹夫は、墓地の中から遠く二階を見上げた。緋紗の青白い顔が、手すりにもたれている。頰を押しつけ細い手をたらしているその姿勢は、意味ありげに見えた。墓地のどこかで、あのねばりつくような清掃夫の視線が緋紗の姿を見守っているのだろうか。もしかすると、緋紗も清掃夫の視線を意識して、そうした姿勢をとっているのかも知れない。

幹夫の懸念は、的中していた。

夕食を持って二階へ上ってゆくと、

「今朝、墓地の人と話していたわね」

と、緋紗が言った。

緋紗は面映ゆげな顔をしていたが、眼には真剣な光がやどっていた。

「なにを話しかけてきたの」

その声は、さりげない平静な声だった。

「別に」

幹夫は言った。

「だけど、話はしたんでしょ」

「ええ、ただ二階にいる姉さんは病気なのかってきいただけですよ」

幹夫は、答えた。

「そうお」

緋紗は、軽くうなずき、それきり口をとじ、夕色の濃く立ちこめはじめている墓地の方に顔を向けた。その横顔にほのかに微笑のようなものがただよっているのを、幹夫は見た。

その後、若い清掃夫とは時折り顔を合わせた。幹夫の姿を認めると、熊手を手に笑いながらこちらを見ている。

ある日、家の近くまで来た時、塀の外に清掃夫の姿を眼にして、幹夫は足をとめた。男は帽子をあみだにかぶり、声でもかけているらしく二階を見上げていた。

手すりの所に緋紗の姿は見られなかった。が、幹夫は、窓の端に寄せられている白いカーテンのかすかなそよぎに気がついた。幹夫は眼をこらした。カーテンのすき間から、緋紗の青ずんだ顔の一部がひそかにのぞいているが、真下に立っている男の眼からはそれは見えないらしかった。

やがて諦めたのか、男は照れ臭そうな笑いをして道を横切り、熊手をだらしなく引きずって墓地の奥の方へ入っていった。

翌朝、幹夫は、墓地の通路でまた男に出会った。男は、いぶりはじめた枯葉の堆積のか

たわらで眼をしばたたかせながら、

「姉ちゃんによろしくな」

　と、歩いてゆく幹夫に声をかけてきた。

　幹夫は、ちょっと振返ったが、黙って歩きつづけた。

　そうした一瞬の出会いも、緋紗の眼から逃れることはできなかった。

「なんて言ったの？」

「お姉さんによろしくって」

　幹夫は、諦めて言った。

「へえ、生意気ね」

　緋紗は、蔑《さげす》んだ眼をして口をゆがませたが、ふと気づいたように、

「私の足のことは、言わないでね」

　と、念を押すように言った。緋紗の眼は、上気してうるんでいた。

　翌朝、二階へゆくと、緋紗は床の上に起きあがって毛糸の玉をつくっていた。足首の袋から一編みずつちぢれた毛糸が手繰られ、毛糸の玉は次第に大きくなっていった。

「編み直しですか」

　幹夫は、徐々にあらわれてくる足首を見つめながら緋紗にきいた。

　緋紗は、黙ったままうなずいていた。

六

また、雛の籠が大量に持ちこまれてきた。その量は前回の時より倍近くも多く、庭に面した広縁は糞のこびりついた雛の籠で埋められた。

女たちが数人、臨時にやとわれ、昼夜二交代の作業がはじまった。数日後にやってくる連休の日を目標に、再び遊園地を利用して雛たちを毛糸販売の宣伝に使おうというのだった。

アトリエの板張りの床は雑多な染料の色に汚れ、雛を通す木の樋には、通路がせまくなるほど吹きつけられた染料が厚くこびりついていた。女たちは、時折り、庭の枯芝の上に樋を引き出しては、ガラスの破片でかたくなった染料をけずり取っていた。

雛の屑が増して、幹夫は、二つの包みに分けて家を出た。墓地には枯葉を焚く煙が日増しに多くなって、墓地は紫色に煙っていた。

緋紗は墓地に面した縁側に坐って、露出したままの足首を投げ出し、一心に編棒を動かしていた。切断された部分には、柔かそうな肉が盛りあがり妙にすべすべしてみえる。緋紗が身を動かすたびに、その滑らかな皮膚には細かい皺《しわ》が伸縮していた。

緋紗の編棒を扱う手の動きは、速かった。幹夫は、足首の袋の編み直しかと思っていたが、編み進むにつれて、それはアミーバーのように意外にも五つの指を伸ばしていった。その手袋は、緋紗の手よりもはるかに大きな形であった。

幹夫は、真剣な緋紗の手の動きに不安を感じた。緋紗は、自分の足首の袋をほどいて男の手袋につくり直していることはあきらかだった。閉ざされた世界に息づいている緋紗にしてみれば、墓地の男に関心をいだくことも無理はないはずだった。が、幹夫は、自分の置かれている立場の危険を意識した。緋紗の身の廻りを扱っている幹夫が、男物の手袋に気づかないでいたという弁明は成り立たないだろう。幹夫には、緋紗の身辺を監視する義務も負わされているのだ。

幹夫は責任を回避する意味でも、まず家政婦に話しておこうと思い、実行した。

「男物の手袋？」

家政婦は、いぶかしそうな表情をした。

「墓地で掃除している若い男のですよ。赤い妙な手袋だけど、片方はもう出来上ったんだ」

幹夫がそう言うと、家政婦は思いあたったらしく、

「ああ、あの男」

と、納得がいったらしくしきりにうなずき、しばらく思案していたが、

「緋紗さんの病気なのね」

と、つぶやくように言った。

翌日、家に帰ると、思いがけなく二階の部屋で箒《ほうき》を使っている家政婦の姿が見えた。すぐに二階へ上ると、家政婦は箒の手をとめ、

「移したのよ、洋間へ……」

と、言った。開け放たれた押入れの中には、ふとんも行李も見あたらなかった。

その日、たまたま勝手元にいた佐知子は、外で男の声がするのに気づいて何気なく裏口から外をうかがったのだという。そして、男が二階の緋紗に塀越しに話しかけているのを見たのだ。

佐知子に問いただされて、家政婦は、仕方なく手袋のことを佐知子に話した。佐知子は、顔色を変え不快そうに居間に行って坐り込んでいたが、急に甲高い声で家政婦をせかすと、緋紗を長い間使わないでいる二階の北側にある小さな洋間に移したのだという。

「それで、これ、洋間の鍵。いつも忘れずに掛けるようにって」

家政婦は、そう言ってエプロンのポケットから古びた真鍮の鍵を幹夫に手渡した。

「それからね、幹夫さん」

家政婦は、ちょっと表情をこわばらせて部屋の隅にある屑籠をとり上げた。

「これ、あんたでしょう」

幹夫は、籠の中をのぞきこんだ。黄色い雛の生毛が見えた。幹夫の顔から血が引いた。

「押入れの隅にあったけど、佐知子お姉さまに知られたらどうするの。私はもちろん言わないけど、余計なことをすると大変なことになるわよ」

幹夫は、顔をこわばらせて口をつぐんだ。

家政婦は、再び箒を使いはじめた。幹夫は、たたずんだまま屑籠の中を見つめていた。雛はすっかり薄汚れ、虫もつきはじめていて、生毛の根が白っぽく斑《まだ》らになっている。胸に大切に抱きこんでいた雛も、男に心をひかれていた緋紗にとっては無用の物になってしまったのだろう。

幹夫は、雛のひからびた死骸を見おろしていた。脱脂綿のつめこまれた腹の部分だけが、妙に不恰好にふくらんで見えた。

緋紗の移された洋間には、ござが運びこまれた。が、板張の床なので体も冷え、尿も近くなったらしく、鍵をあけて中に入ると、白い琺瑯《ほうろう》びきの便器の上に膝を屈している緋紗の姿を見ることが多かった。

緋紗は、ござの上に坐って、いつも黙然と身じろぎもしないでいた。つくりかけの手袋と毛糸の小さな玉が、部屋の隅にころがっていた。

階下の作業は、夜十時頃までつづけられていた。

噴霧器の音は休みなくきこえ、佐知子も作業衣を身につけてアトリエに入ったりしていた。

籠の数から目算すると、遊園地に出される雛の数は、二千羽に近いものであった。黄色い雛たちは、女たちの手で一籠一籠広縁からアトリエの中に運びこまれ、やがて、生毛をそれぞれの華やかな色に染められて出てくると、また庭に面した広縁に積みかさねられた。

広縁は、たちまち華美な色彩にうまった。

いよいよ明日が出荷という日、家に帰ると、なんとなく家の中にはうつろな空気がただよっていた。庭の枯芝の上には、染料に汚れた作業衣のままの女たちが車座になって日を浴びている。

「休憩時間？」

幹夫は、柱時計を見上げながら、いぶかしそうに家政婦にきいた。

「そうじゃないの。仕事がもう終りになったらしいのよ」

家政婦が、洗い物の手をとめて言った。

「デパートから電話がかかってきてね、新聞の投書が原因なのよ。佐知子お姉さまは、顔色を変えて飛び出して行ったけど……」

家政婦は、気落ちした表情で眉を寄せていた。

幹夫は、家政婦に教えられて居間に行ってみた。テーブルの上に、朝刊がひろげられたままのっていた。

幹夫は、新聞紙を引き寄せると、紙面を仔細に探っていった。投書欄に染色ヒヨコという文字が見えた。かれの眼は、その部分に吸い寄せられた。投書は、遊園地の行事を目撃したある主婦からのもので、染色ヒヨコを競ってつかみ取りさせていた催しの光景がひどく批判的な文章でつづられていた。そして、子供づれのせっかくの行楽が、散在していたヒヨコの傷《いた》ましい死骸を眼にして陰惨な暗いものに終ってしまった、とむすばれていた。

この投書に対して、遊園地、毛糸会社、デパートそれぞれの立場からの回答が、責任者の談話という形で寄せられていた。

まず、遊園地側は、ただ広場を貸しただけで催しの内容は知らなかったが、今後は一切こうした刺戟のある催しのためには広場を貸さないと約束し、また、毛糸会社は少々行きすぎがあったことはみとめる、と簡単に回答しただけで、全面的に陳謝することは巧みに避けていた。が、デパート側の回答は慎重で、染色ヒヨコを宣伝に使ったのは毛糸会社の責任でデパートとしては無関係であるが……と前置きして、しかし、そうしたものを売場で扱わせていたことは重々遺憾でもあるので、業者に注意して早速やめさせる、と回答していた。

幹夫は、活字の一つ一つを鋭い刃先のように感じながら読み進んでいった。家の中に啼声をあげている雛たちが活字の対象になっていることに、奇妙な感じをいだいた。また、自分も見物していたあの催しに集っていた陽気な群集の中に、こうした反感にみちた一人の眼がひそんでいたのかと思うと慄然とした。

幹夫は、血の気の失せた顔をあげて庭の方をながめた。女たちが枯芝をむしりながらのどかに日を浴びている。あの女たちが、全く未知の女の投書によって職を失い去らねばならなくなることが、なぜかひどく不思議なことに思えてならなかった。

佐知子がもどってきたのは、夜も遅くなってからであった。

居間に入った佐知子は、崩れるように腰を畳の上に落すと煙草をぼんやりとすっていた。佐知子の顔には表情というものが失われ、眉毛も薄れてみえた。

居間の電灯は、いつまでも煌々とともっていた。物音もさせずじっと坐っている佐知子の気配がつたわってきて、幹夫はなかなか眠ることができなかった。

翌朝、幹夫は登校仕度をととのえると、広縁に積み上げられている籠の所へ行った。広縁に出てきた家政婦が、雨戸を繰っていた。その陽光が寝室にも射して、ふとんの衿から佐知子の乱れた髪がのぞいているのがみえた。

籠の中の雛たちは、寒そうに体を寄せ合っていた。が、その群れの下には横になった雛の体が数羽ずつ眼にとまった。

幹夫は、手を入れてかたくなっている雛の体をつかみ出しては新聞紙の上にかさねていった。が、籠の数が多いので、短い時間では到底拾いきれるものではなかった。

幹夫は断念して、膨れあがった包みを二つつくると、裏木戸を押して墓地に出た。通路には、朝の冷えた空気が流れていた。

湿った土を踏みながら、幹夫の眼は注意深く四囲に向けられていた。身をかがめて墓石の間をすかし見、時々立ち止っては枯葉をかき集めている音に耳を澄ました。

しかし、その小区画の墓地の土の上には熊手の掻き跡は見られず、落葉した枯葉が自然のままの形で厚く散り敷いていた。若い清掃夫の姿は、数日前から見られなくなっていた。恐らく男の性格が地味な清掃夫という職業に不向きで、どこかへ去って行ってしまったにちがいなかった。

幹夫は、男がいなくなったことが確かめられただけでも伸び伸びした気分になり、枯葉をふみながら墓地の通路を進んで行った。

午後、学校からの帰途、幹夫は、女たちが家の裏口から出てくるのに出会った。給料袋に使われている茶色い封筒の中を歩きながらのぞきこんでいる女もいた。

幹夫が近づくと、年長の女が笑顔を見せ、

「坊ちゃん、いろいろお世話になったね。また、どこかで会おうね」

と、言った。

幹夫は、困惑して微笑すると、女たちのかたわらを伏目になって通り過ぎた。

家に入ると、家政婦が、勝手元でしきりに算盤《そろばん》をはじいていた。幹夫が居間の方をのぞいてみると、佐知子は、広縁の古びた籐椅子にもたれて物憂げな眼を庭の方に向けていた。

銀行の通帳の中から、女たちの給料や養鶏所からの仕入代金が支払われたが、残金はごくわずかしかなかったらしかった。

家の中の機能が全く停止してしまった物憂げな日々が過ぎていった。ただ、おびただしい雛の啼声だけが、その名残りのように家の中にみちていた。

七

妙に甘酸っぱい腐臭がただよいはじめ、それは家の柱にも家具にも強く浸み入っていった。朝ごとに雛の啼声は弱まり、雛の死骸は急速に数を増していた。互いの生毛に首を突き入れて冷えをふせいでいる雛の固まりは、次第に小さな集団になり、竹籠の隅の方には、眼をとじ脚を硬直させた雛の死骸が、彩られた体を横たえていた。

幹夫は、それでも機械的に毎朝、二包みずつの包みをかかえて家を出た。むろん、加速度的に増してゆく死骸の数のごく少い部分ではあったが、墓地清掃夫たちの鋭い眼を意識すると、それ以上、嵩《かさ》ばった包みをかかえることは危険だった。それに、雛をつかんだ指先の臭いも堪えられなかった。雛を墓地の中に捨てて学校にゆくと、幹夫はすぐに水洗場に走って行って指を丹念に洗う。が、指先からは、酸味をふくんだ異臭が幹夫の鼻をかすめていた。

掃除をしなければならぬ家政婦は、日ごとに強まる死臭に露骨に顔をしかめていた。が、雛の処分を佐知子に申し出ることは、さすがにためらっていた。

佐知子は床を離れると、死臭の濃い広縁の籐椅子にもたれて弱々しい眼をあげ、庭の奥の枯れ研がれた樹木の梢をまばゆそうにながめている。嗅覚が麻痺してしまったのか、それとも雛の臭いを思い出のようになつかしんで、故意にその中に身をひたしているのだろうか。

雛の処分を口にすることは、事業の完全な終結を意味する。終日、無言のままでいる佐知子にそれをみとめさせることは、家政婦にも残酷すぎて出来かねているらしかった。

しかし、ある日、幹夫の留守に、堪えられなくなった家政婦は恐るおそる雛の処分の方法を佐知子にたずねたという。佐知子は、しばらく黙って雛の籠をながめていたが、

「誰かにやると喜ぶんだろうけどね」

と、つぶやいたという。

学校から帰ってきた幹夫は、早速、家政婦から相談を受けた。家政婦は、焼却することやそのまま穴に埋めることなどいろいろ考えあぐんだらしいが、量も多く、生きているものもまだ半数近くはあって、結局、雛を毎日処理していた幹夫の意見をきくことが得策だという考えに落着いたのだという。

幹夫は、自信を持って一つの結論を口にした。家政婦は、従順に幹夫の言葉にうなずいていた。

夜遅くまで特別に居残りをしてくれた家政婦と幹夫は、タオルで口をおおい、雛の籠を庭先に運び出した。アトリエからも出すと、それは、ゆうに五十に近い数量になった。

二人は、籠を一つずつ両手にさげて裏木戸から墓地に出た。月はなく暗かったが、幹夫は慣れた足取りで家政婦を案内し、黒々とつらなる墓石と樹木の間を縫って、要所要所を指示しながら籠をさかさにして雛をあけさせた。

闇に眼が慣れてくるにつれ、雛の動きは、はっきりと眼にとらえられてきた。籠の中からこぼれ落ちる雛は、ほとんど身動きもしなかったが、まだ両脚をしっかりと立てているものもいて、それらは土の上で心細そうに啼声を立てていた。

つらなった墓石の間を、濃い夜霧が流れはじめた。体中から汗がふき出し、籠をさげている手がしびれてきた。死臭はいつか忘れ、幹夫も家政婦もタオルをはずしていた。

籠を運ぶのに疲れて、いつの間にか裏木戸から近くの場所に雛の群れをあけるようになった。それでも幹夫は、墓地内に遺棄物がひろがるように配慮して、少しずつ墓地を移動し、一個所で幾籠も雛をあけることはしなかった。

家政婦が、墓地の所々に光りはじめた玉虫色の光におびえだした。それは、自動車のヘッドライトのように、角度がこちらに向けられると、視角の乱れるほどの強さで射られてくる。その光はある一定の距離外から射られてきていたが、その光を中心に緑色の光輪が夜霧の中に浮び上るので、数が急激に増してゆくにつれて、自分の体がそれらの光の輪にかこまれている錯覚におそわれた。

幹夫も、その数のおびただしさに恐れを感じはじめた。日中かい間見るかれらは、例外なく臆病な眼をしていて、またたく間に墓石や樹木の繁みに姿を消した。が、夜の闇につつまれて、かれらは不逞な野性を恢復し、大胆な息づかいをしているように思えた。

最後の籠を墓地にあけ、二人は勝手元にもどった。幹夫は、額に湧いた汗をぬぐった。家政婦は、しばらく木の椅子に腰をおろして息をととのえていたが、やがて、手足を洗って帰って行った。

その夜、ふとんにもぐりこんだ幹夫は、息を殺し耳を澄ました。やはり、墓地のざわめきが、なんとなくつたわってくる。多くの獲物を嗅ぎつけて集った小動物たちの敏捷な身の動きや低い唸り声が、形のない漠とした賑いになって墓地に満ちている。時折り、野鳥の鋭い啼声がそれにまじった。

幹夫の閉じた瞼の中に、霧を通して光っていた玉虫色の光がしばらくの間上下していた。

朝、眼をさますと、軒に明るい雨脚が光っていた。雛の啼声の絶えた家の中には、うつろな静けさがひろがっていた。

階段を上り洋間の扉をあけると、部屋の中にはいつものように尿の臭いがこもっていた。

幹夫は、小さな窓をあけ放つと、ふとんをたたんで壁ぎわに積み上げた。

「ゆうべ、ヒヨコをどこへ持って行ったの」

緋紗は、暗い眼を上げて言った。

「墓地ですよ。捨てたんです」

幹夫は、箒を使い出した。

「全部？」

「ええ」

「それなら一つぐらいくれたっていいのに」

緋紗が、恨みがましい眼をして言った。

幹夫は、箒の手をとめ緋紗の顔に眼をすえると、

「前にやったヒヨコは、すっかり虫がついていましたよ」

と、きつい語調で言った。

緋紗の顔に、狼狽の色が浮んだ。

「悪かったわ、許して頂戴。今度こそ大事にするから。お願いよ、墓地に行って拾ってきて」

その眼に、哀願の色がただよった。

幹夫は薄ら笑いしながら、

「一羽もいません。いるわけがないんです」

と言って、部屋の中を大ざっぱに掃き、ドアに鍵をしめると、階段を勢いよく下りて行

った。

　しばらくして幹夫は鞄《かばん》をかかえ、黄色いビニールの傘をかざして木戸を出た。墓石も樹木も濡れて、人気のない墓は冷えびえと明るかった。

　幹夫は、墓地の要所要所を横眼でみながら歩いた。口もとが、自然にゆるんでくる。緋紗に言った言葉も決して誇張ではないのだ、と自らに言いきかせた。

　雛たちをあけた個所には水をふくんだ土がひっそりと静まりかえり、細かい雨が音もなく降りそそいでいる。墓地は、おびただしい遺棄物を一夜のうちに無造作にのみこんでくれたのだ。

　傘に、時折り樹葉から大粒の雨雫が音をたてて落ちてきた。幹夫は、傘の色に顔を薄く映えさせながら、通路を幾曲りもして歩きつづけた。

　しかし、狭い通路の曲りにきた時、幹夫は足をとめた。

　かれの顔に、照れた苦笑が浮んだ。墓地のささやかな過失が、そこに残されていた。

　濡れ光った生垣の繁みの下に、泥に薄よごれた桃色の雛が、身をかがめていた。雛は、水をふくんだ葉の交叉のかげに体をすくめ、眼をとじて雨宿りしているようにみえる。

　雛の体は、動かなかった。が、生きている証拠には、雨滴が眼の近くにかかるたびに丸味をおびた瞼がふるえていた。

　幹夫は、雛の近くに身をかがめた。

瞼をとじ身をすくませている雛は、降雨をじっと堪え忍んでいるようだった。雨に濡れ泥に汚れた雛の生毛は、数本ずつ寄りかたまって、ちょうど蓑《みの》をかぶった農夫を連想させた。

墓地に満ちた雨音の中で、幹夫は、雛の瞼の小刻みな痙攣をみつめていた。

透明標本

一

雨があがって、乗客がガラス窓をあけた。冷えびえとした外気が流れこんできて、窓ガラスの曇りがまたたく間に薄れていった。

バスは、日の射しはじめた舗装路の上を走りつづけた。通りすぎる街々の濡れ光った色彩が、窓ガラスを通して明るく車内に入りこんでいた。

ゴーストップにかかって停車すると、バスの中に乗客たちの軽い波動が起る。その度に、倹四郎の感覚は、鋭敏な触手に似たはたらきをした。かれの神経は、かたわらに立っている若い女の体に集中されていた。女の体はむしろ華奢な部類にぞくしていたが、スカートの中に張られている骨盤は、たらば蟹《がに》のように逞しく張られているようだった。

かれは、車体の震動を利用して巧みにその感触をさぐる。出勤のバスの中で女のかたわらに身を寄せてゆくのは、毎朝のかれの習性になっている。自然とかれは、痩せた女の体をえらんだ。顔の美醜に関係はない。ただ、衣服を通して感じとれる骨の形態だけが目的であったのだ。むろん、失望することの方が多かった。が、その日、触れた女の骨盤は、かれの感覚を十分に満足させてくれた。それは、豊饒《ほうじょう》な中身を蔵した見事な骨の容器にさえ感じられた。

やがて、バスは、駅の近くの陸橋のたもとにとまった。

検四郎は、未練げに顔をしかめ、思いきりその女の骨盤に身をすりつけてからバスを降りた。バスは、軽くホーンを鳴らして交叉点を渡って遠ざかってゆく。かれは、未練げにたたずんだまま、バスの姿をしばらく見送っていた。

バスの車体が見えなくなると、ようやく諦めたように、横断歩道を小走りに渡り、ガラス窓のつらなった白い大学病院の門をくぐった。ガラス窓の反射に眼を細めながら、まだらに乾きはじめている砂利の上を病院の裏手の方へまわって行った。そこには、日光の気配が急に失われ、細い路の所々に苔の色さえひろがっている。その路の奥に古びた煉瓦造りの建物がうずくまっていた。

建物の前にたどりつくと、かれは、ガラスの欠けた鉄の扉を押して中へ入った。左手のコンクリート造りの部屋では、ゴム長靴をはいた係員が、ホースの水でしきりに床を洗い流しているのが見えた。

検四郎は、控室に入ると、窓ぎわの机の前に腰をおろした。部屋の隅では、今来たばかりらしい加茂が白衣に腕を通していた。

倹四郎は、不機嫌そうな表情で手にさげてきた布袋の中から煙草道具を取り出し、三等分してある紙巻煙草の一つをつまんで大切そうに煙管《きせる》の先にはめこんだ。

加茂が、茶を持ってきた。

「バラシをするのが、一体ありますが……」

「知ってるよ」

倹四郎は、煙管をくわえたまま窓の方に顔を向けていた。

加茂は、そのまま自分の粗末な机の前に坐っていたが、やがて、黙ったまま部屋の外へ出て行った。

倹四郎は、不快そうに空缶の中に煙管の灰をたたき落した。研究室の主任教授に連れられてきた加茂に引き合わされてから、すでに三ヵ月にはなる。教授は、二年ほど前、胸の手術を受けた後自分のとられた肋骨を返してくれ、と外科の医局員を困らせた青年だ、と可笑《おか》しそうに加茂を紹介した。

紺の背広を着た色白の青年に、倹四郎は、途惑った視線を走らせながら、

——この方が、私の仕事を手伝いたいというんですか。

と、問いかえしていた。

——どうしてもやりたいんだね、君。

教授は、加茂の顔を苦笑しながら振返った。

——はい。

加茂は、含羞《はにか》んでうなずいた。

倹四郎は、思わず加茂の顔を呆れて見直していた。今までの経験では、助手を志願してくる者は、他の職業で落伍した、いわば生活の望みを失った無気力な中年以上の男にかぎられていた。そうした前例からみると、この都会風の青年が、助手を志願してきたことがひどく場ちがいなことに思えてならない。

加茂には、多分に少年の稚《おさな》い表情が残っている。淡水魚のようにひどく淡泊な表情をしている。注意して見てみると、胸の手術をしたというだけに、薄い肩の一方がせり上っていて、体の骨格も弱々しげだった。

倹四郎の口もとに自然と苦笑が湧き、希望どおり助手として使うことを承諾した。

今までの例では、助手志願者は、かなりの覚悟を持った者でも、仕事の性格に戦慄して普通で二、三日、長くて一月もたたぬ間に去ってゆくのが常であった。倹四郎は、血の気も薄いその青年の見くびった考えを、思いきり叩きのめしてやりたい衝動に駆られていた。

翌日、都合よくバラシの仕事があった。

かれは、加茂をかたわらに立たせて、メスを大きくふるうと腐爛した死体の腹部を真一文字にあけた。そして、ただれきった内臓をつかみ出すと、加茂の足もとにあるバケツの中に腐臭とともに放りこんだ。

これだけで十分だ、とかれは思い、効果を見さだめるように底意地の悪い眼をして加茂の顔をぬすみ見た。が、かれの期待は裏切られていた。そこには、意外にも平静な加茂の表情があった。

かれの胸に、錯乱が起った。加茂の澄んだ眼には、卒倒する寸前のあの動揺した翳《かげ》りすらも探りあてることはできなかった。

かれは、うろたえ気味にメスをふるいつづけた。しかし、作業が終るまで、加茂の平静な表情に変化はなかった。

それから三月《みつき》——。加茂は、一日も休むことなく出勤してきていて、いつの間にかすっかり助手らしい雰囲気も身につけはじめている。

倹四郎は、裏切られた腹立たしさと、思いがけなく加茂が強靭な神経を持っているらしいことに苛立ちをおぼえていた。それだけに、それまで孤独な作業になれてきたかれにとって、いつもかたわらに寄りそっている加茂の存在が、この上ないわずらわしいものに思えてならなくなった。

まず、かれの神経には、作業中に感じられる加茂の視線がやりきれなかった。加茂は、素気ない眼でかれの手の動きを見つめている。

自分の職業は、人に嫌われ、蔑《さげす》まれる類いのものなのだ。その卑しい仕事は自分一人でやればよいことで、他人の侮蔑の中に自らを沈潜させることにむしろ安らぎに似たものすらおぼえている。その作業に加茂が参加し、凝視されることは、自分の恥部が人の眼にさらされているような堪えがたい羞恥におそわれる。

それに、六十歳を越している倹四郎には、病院での自分の職業的地位を将来この青年に奪われはしないかという、かすかな恐れもある。腐臭にもたじろがず、倹四郎のメスの動きを見つめている加茂が、柔軟な若さでかれの技術を吸収し、その上に創意をくわえることも予想されなくはない。

かれは、そうした不安から、加茂の技術的な質問にはかたくなに沈黙を守りつづけた。そして、加茂を故意に雑務に追いやって、部屋に一人閉じこもってひそかに作業をおこなうこともあった。

「仕度ができました」

長いゴム靴をはいた加茂が、板張りの扉から姿を現わした。

倹四郎は、黙ったまま立ち上ると、服をぬぎ下着をはずして丸裸になった。そして、ロッカーから下着、古びたズボン、しみだらけの白衣をとり出して身につけると、胸もと近くまであるゴムの長靴をはいて部屋を出た。

コンクリート造りの解剖室には、死体収容槽が六個、養魚場の魚槽のように並んでいて、床には水が打たれコンクリートのあらい地肌が浮き出ていた。かれは、その部屋を通りぬ

ける と、隣接した小部屋に入った。

石造りのベッドの上には、アルコール液に濡れた男の爛《ただ》れた体が仰向きに載せられていた。

かれはタオルで鼻をおおうと、加茂のさしだすメスを手にした。男は、心中入水の片割れで、女の死体の引取り人はいたが、男の身許は今もってわかってはいない。背丈も低く骨格も貧弱で、かれのメスにとっては情熱の湧く対象ではなかった。貧しい男女が生活の希望ももてず死をえらんだものにちがいなかった。発見されたときは、男のズボンのポケットに数枚の十円銅貨が入っていただけだという。

かれは、眼を光らせて作業をはじめた。メスは、すばやい速さで腐爛した肉の上を動いてゆく。それにつれて、刃先から艶やかな光沢をおびた骨が、正確に現われてきた。肉づきを見、手で骨格の状態を上から時々さわってみるだけで、メスは深くも浅くもなく移動して、決して骨を刃先で傷つけることはない。メスには、一定した秩序正しいリズムがあった。

かれは、軀全体で踊るような調子をとりながら、肉の中にメスを大きく動かした。その激しい体の動きにはなまなましい熱気がこもり、くぼんだ眼にも火の点じられたいきいきとした光が浮び出ていた。

かれは、そぎとった肉塊を深いバケツにつぎつぎと投げこみ、それらはたちまちバケツの中に充満した。

やがて、男の体は、わずかに肉片の附着しただけの骨になって横たわった。

かれは、骨格を見まわすと、身をかがめて足の骨の関節にメスの刃先を慎重にあてはじめた。骨が、あっけなくはずれてゆく。メスが目まぐるしく男の体中に動いて、たちまち頭骨、四肢、肋骨、腰骨などがほぐれた。それらの骨は、天井から吊りさげられた十本近い太い針金の先端に一つ一つ掛けられてゆく。その光景は、部品を天井から吊した自転車屋の店内を連想させた。脊柱の骨片の穴に針金をとおした骨の輪は、自転車のチェーンに似てみえた。

骨格の解体が終ると、加茂が、床の上に置かれた三個の甕《かめ》の蓋をとった。中には、澄んだ水がみたされていた。

倹四郎は、第一の甕に右手と右足、第二の甕に左手と左足、そして、第三の甕にそれ以外の骨をそれぞれ区分して、水の中に慎重に入れた。骨は、薄暗い液体の中にところてんのようにほの白く沈んだ。

加茂が、甕をかかえて裏のドアから外へ出て行った。甕は、南向きの戸外で十カ月ちかく密封されたまま放置され、骨に附着した肉がすっかり腐敗し溶けた頃を見はからって、きれいに骨だけが採取されるのだ。

倹四郎は、石の台の上に腰をおろしそのままじっとしていた。体に疲労がひろがって、肩は波打ち、背中に汗がながれた。

加茂が、また、甕をかかえて出て行った。倹四郎は、ゴム手袋をぬぎ、タオルを口からはずしてゴムの作業衣をぬぐと、隣の収容槽のある部屋にゆき、消毒液の中に手をひたした。

「やったのかい」

白衣を着た若い研究室員が、部屋に入ってきて顔をしかめた。その眼には、不快そうな光が露骨に浮んでいた。

倹四郎は、重い足どりで控室に行くと、菜葉服のまま椅子にもたれた。バラシをやった日には、さすがに昼食をとる気がしない。いつもは家から重箱につめた弁当を持ってきて控室で箸をとるが、バラシの予定日には、

——食堂で、そばを食べるから。

と、病身の妻に言って、弁当を持たずに家を出る。

そばを食べるのは健康のためだ……というかれの言葉を、登喜子は疑う様子もない。

午食どきのうつろな静けさが過ぎて、やがて、研究室にも人の出入りが多くなると、かれは、おもむろに時計をたしかめ、菜葉服とズボンをぬぎ、ロッカーを開いて浴衣を取り出す。そして、石鹼箱と手拭を手に、建物の裏手から雑草の繁る小路をたどり、木戸を押して塀の外に出た。

そこには、戦災に焼け残った古めかしい小住宅街がひろがっていて、細い路地を幾まがりかすると、黒い煙突を立てた銭湯があった。タイルずくめの浴場。入浴客も数少く、るタイルの床も、所々粉をふいたように乾いている。

カランを押して、湯に入る前に体を石鹸で入念に洗う。そして、長い間湯槽《ゆぶね》に漬って出ると、また体中を石鹸で泡立たせる。

タイルの壁に背中をもたせて、放心した眼をうすく閉じ、時折り思いついて湯をふんだんに体にかける。

二時間ほどそんなことを繰返して時を過すと、上気した顔で湯からあがり、下着を一枚残らず着かえる。指にも足指にも、白けた皺が波紋のように寄っている。

銭湯を出て、明るい日射しの中に身を置くと、かれは、いつもかすかな目まいをおぼえていた。

二

メスを一心にふるいつづけている時、かれは、よく幼年時代の一情景を思いうかべることがある。それは、せまい袋小路の一隅で、一人きりでうずくまって遊んでいる幼い日の自分の姿だった。

終日、日の射すことのないそのしめった一隅は、幼い心を飽きさせない多くの彩りに富んでいた。苔の湧いた板塀には、蝸牛《かたつむり》の錫色《すずいろ》の跡が奇妙な紋様を一面にえがいていたし、苔の繊毛の先端には、華やかな色彩の粉をふり撒いたような微細な陰花の開くのも見た。塀の節穴から、青みどろの池で石鹸の泡に似た頭部をもつ蜻蛉《とんぼ》が生れるのを、息をひそめてのぞきこんでいたこともあった。

そんな日々の記憶がいきいきと生きているためか、今でも作業をつづけている時、ふと、自分の体が路地の奥の片隅でうずくまっている錯覚にとらわれることがある。幼い頃の背を向けたその姿勢が、自分の一生の固定した姿になってしまった気さえする。

意識して遊び友だちを求めなかった幼い頃の自分は、それはそれなりに路地の奥での孤独な生活を楽しんでいたらしい。それと同じに、骨標本作りという日のあたらぬほの暗い世界での仕事にも、かれなりのひそかな愉悦をいだきつづけてきたのだ。

かれが幼時をすごした町は、武蔵野の北端にある古い城下町だった。濠《ほり》や物見の丘がいたる所にある。主要な道に面した商家は、類焼をふせぐために頑丈な土蔵造りにされている。町の中を縫う道には、城下町としての兵略的な意図が端的にあらわれていた。稲妻状に屈曲している路、完全に行きどまりになっているT字路、鉤《かぎ》の手がたに果しなく曲ってゆく路、その複雑な路のいたる所に無数の袋小路が散在しているが、それは敵の侵入を有利に迎え撃つための配慮からであった。

その路地の一つで、義父は、彫金師の看板をかかげていた。後に知ったことだが、人妻であった母は、乳児であった倹四郎を抱いて義父の光岡のもとへ逃げてきたのだという。そうした過去のためか、母は、いつもおびえたような眼をしていて、外へ出ることもほとんどなかった。

少年期を過ぎると、かれは、家の中にとじこもって見よう見まねで義父の仕事を手伝うようになった。その頃、義父は、煙管の飾り彫りのほかに、象牙のパイプを使って男女のみだらな姿態を描いた色つきの彫刻もはじめたらしく、夜、よく東京から商人がやってきては仕上ったそれらのいまわしいパイプをひそかに持ち帰るようになっていた。

電球の下で、彫刻し終えた象牙の肌を指先で撫でている義父の姿を眼にしたこともあった。口数の少い義父が、その時だけは別人のように眼をいきいきと輝かせて、しきりに口の中で低声《こごえ》でなにかつぶやいていた。

義父の生涯にとって、関東大震災の起きた後の一月ほどは、おそらく残照にも似た華やかな意義をもった日々であったのだろう。

夜になると、城下町の高みからは、東京の町々を焼く火の色が望見され、翌日には焼け出された人の群れが街道をひしめき合ってやって来た。

義父が行先も告げずに家を出たのは、余震のまだ残った翌朝のことだった。それから三日目、義父は、深夜、袋をさげて裏口から物音もさせずにもどって来た。義父の顔は、頬骨の突き出るほど痩せこけ、眼には異様なほど落着きのない光がうかんでいた。

義父の奇妙な生活がはじまったのは、その日からであった。昼間はふとんをかぶって熟睡し、夜になると狭い梯子段をのぼって行き、外に灯をもらさぬようにして屋根裏の部屋にとじこもる。下りてくるのは、夜も白々と明ける頃だった。

その頃、倹四郎は、時々深夜ふと目をさました。天井の四角い穴から屋根裏の明りが隣室の一隅に落ちている。むろん、義父は、いまわしい物の彫刻をしているにちがいないのだが、それほど義父を熱中させている対象がなんであるのか、倹四郎は、立ちのぼる灯の色を見上げながら、のぞきこみたい誘惑にかられていた。

それから一月ほどしたある明け方、不意に刑事が数人家に踏みこんできて荒々しい家《や》探しがおこなわれた。たちまち屋根裏から彫刻された白いものと袋が押収され、かれと義父は、素足のまま警察へ引き立てられた。

義父の問われた罪の内容は意外だった。義父は、焼土になった町々を深夜ひそかに忍び歩き、死体の大腿部の骨を鋸《のこぎり》でひき、その骨を持ち帰っていまわしい彫刻をほどこしていたのだという。倹四郎もその仕事を手伝ったのではないかという疑いを受けて、激しい拷問を繰返され追及されたが、ようやく嫌疑もはれて二カ月後には釈放された。義父は、その後、体の衰弱が甚だしく未決監で病死した。

かれは、母を連れてその町から逃げるように東京へ出た。そして、日雇人夫などをしていたが、その間にも、苛酷な取調べ中に係官から何度も突きつけられた義父の彫刻した骨の美しい色を忘れることはできなかった。渡されて手にのせてみると、それは、象牙にはないなんとも言えぬ軽みと和みがあって、骨の色にも滑らかな光沢があった。

人夫仲間の一人が、たまたま風変りな職場のあることを口にした。ある大学病院で、骨標本作りの助手の口があるというのだ。給料も悪くないし、常雇いされるのだが、仕事の性格上、希望者がなかなか見つからないらしいという。

その話に、かれは興味をもち、翌日、その病院を訪れた。が、数日後におこなわれたバラシ作業を手伝った時、激しい悪臭と腐爛した肉の色に貧血をおこして倒れてしまった。

しかし、醜い肉の下からのぞいた骨の色は、やはり、かれの期待を裏切りはしなかった。人骨に彫刻した義父の熱意もその美しさのためだったのだと納得できた。

やがて、骨標本作りをしていた老人が脳溢血で半身不随になると、自然にその仕事は、かれ一人の手にゆだねられることになった。彫金師として刀を操るのに巧みであったかれにとって、メスをにぎっておこなうバラシ作業に習熟するのには、それほどの月日も必要とはしなかった。

作り上げた初めての骨標本は、縁故のない女囚の獄死体で、ひどい猫背の骨格ではあったが、仕上げられたその標本を、かれは惚れぼれと飽くことなく眺めつづけた。警察にもとがめられず、誰はばかることなく人体を骨だけにすることのできる作業。かれは、それをこの上ない好ましい職業だ、と思った。

ただかれは、女運には、極端なほど恵まれなかった。二十数年間に、十人近い女がかれのもとへ嫁いできたが、女たちは、例外なく去って行った。それは、かれの体にしみついた死臭のためであった。

女に去られると、かれは、心当りの場所を女をもとめて狂ったように探しまわり、数日はふとんをかぶって泣きわめき、ひどく未練げな乱れ方をした。

かれには、自分の体からただよう死臭がうとましかった。女に去られる度に、職を変えることを真剣に考えた。しかし、すぐには適当な職はみつからず、それに、骨標本をつくる魅力に打ちかつことはできなかった。そして、女を自分のもとに引きとめておくには、結局は金銭であるとも考え、極端なほどの倹約をして金をたくわえることに専念した。去った女たちは、種々雑多だった。金や家財を持って姿を消した者もあれば、公然と慰藉料を請求してきた女もあった。

しかし、老境に入ったかれの身には、いつの間にかちょっとした小金が残されていた。

その夜、倹四郎は、バラシをやった日いつもそうするように、鰻《うなぎ》の頭や牛・豚の内臓を焼く小さな飲食店の密集する横丁にもぐりこんで酒を飲んだ。体からただよう臭いを、飲食物の強い匂いで消すための工夫だった。

かれは、やがてその一郭からはなれると、二駅ほどの距離を蹌踉《そうろう》と歩きつづける。電車賃を吝《お》しむ気持もないではなかったが、家へつくまでに、少しでも自分の体を外気にさらしておきたかったのだ。

街道を折れ、私鉄のせまい無人踏切を渡ると、急に樹葉の匂いの濃い夜気が、邸町の高みから一斉に落ちてきた。

かれは、ゆっくりとした足どりで坂をのぼった。両側の石塀にも、その上からせり出した樹葉の繁りにも夜露がはらんで、湿り気のある冷たい空気がかれの体に降りそそいでくる。

坂を上りきると石塀がきれ、その角から右手に自然石をそのまま敷き並べた不揃いな石段が下っている。その石段を下りた路地の奥に、かれの家があった。

倹四郎は、玄関の格子戸に鍵をかけると、居間に入った。

「お帰りなさい」

血の気のうすい登喜子が、居間つづきの隣室で、寝巻の衿を指先であわただしく直しながらふとんの上に起き上った。

それまで妻となにか話でもしていたらしい娘の百合子が、座をはずして立つと、階段をひそかにきしませながら二階へ上って行った。

倹四郎は、黙然と衣服をぬぎ、衣桁《いこう》にかかった和服に着がえた。腰をおろすと茶道具を引き寄せ、自分で茶をいれた。

百合子は、いつもあんなよそよそしい座の立ち方をする。妾《めかけ》になった母のもとへ通ってくる男を迎えて小賢しく座をはずす娘のような仕種《しぐさ》だった。まるで倹四郎を、見知らぬ男のように扱っている。が、百合子のそうした態度は、母娘がこの家に入ってきてから一貫して変らないものであった。

一年ほど前、かれは、近くの世話好きの老婆の仲介で登喜子と見合をした。その席には、一人娘だという百合子も同席していた。

倹四郎は、登喜子の美しさに驚いていた。四十七歳だというが、世話をした女の話どおり、四十歳ぐらいの若さにしかみえなかった。薄く化粧をしたその顔は、気品のあるやわらいだ目鼻立ちで、伏目がちの眼が大きく張っていた。

母と娘は、容貌も肌の白さも実によく似ていた。が、性格はかなりちがうらしく、母の方は、娘のかげにかくれるようにして坐り、娘は、大きく張った眼を無遠慮にかれの顔にそそいでいた。その眼には、かれの些細な欠陥をも見逃すまいとする冷静な光が露骨に浮んでいた。

母と娘の立場が、逆になっていた。登喜子は臆病そうに眼をしばたたき、伏目がちで口数も少かった。が、百合子は、保護者のような態度で、倹四郎に容赦ない質問を浴びせつづけた。内容は、主として経済的な問題で、かれの収入、資産が百合子の関心の的であるらしかった。

かれは、執拗な訊問を受ける被告のように、一つ一つそれに答えさせられた。が、百合子にも、そうした娘の態度を許している母親にも、不思議に腹は立たなかった。母親の美しさと気品は、自分の生きてきた世界とは別のものにみえ、本来なら自分などの所にやってこようなどという人間ではない、と思った。

ただ母娘は、夫の死後売り食いも底をついて、度かさなる無心で親戚にも知人にも顔向けできないところにまで落ちこんでいた。定時制高校を出て勤めをしている娘のわずかな収入だけが、二人の唯一の生活の糧になっている。つまり、貧窮さえしていなければ、かれと見合をするなどということはあり得なかったのだ。

倹四郎は、珍しくひどく寛容な気持になっていた。娘の露骨な質問も、内気な母親を思う感情の稚い現われだと思われないこともない。六十にもなる男に母親を再婚させる娘の気持としては、自然なことだとも解釈された。

かれは、ひそかに登喜子の顔に視線を送っていた。まだ十分に若々しい美しさを、自分のものにできるという想像が、かれの心をたかぶらせていた。

百合子が、二つの条件を出した。一つは、母と正式の結婚手続きをとること、第二は、百合子の大学進学の学費を出してくれることであった。

かれは、少し思案してから承諾した。第一の条件は、むしろかれも望むところで、かれが死ぬまで登喜子を所有できることを意味している。むろん、百合子は、かれの死後の遺産が目的なのだろうが、身寄りもないかれにとっては、死後のことなど全く関心がなかった。第二の条件は、好ましいことではなかった。が、学費といっても四年間というかぎられた期間のことではあるし、登喜子を迎え入れることができることを考えれば、その程度の支出は堪えなければならないと思った。

やがて、母娘が、わずかばかりの荷を手にしてやって来た。

――家財は邪魔になると思って、近所の人にやってきたんです。

百合子は、弁解がましくそんなことを言っていたが、荷物の中には、あきらかに新しく買い求めたらしいものもまじっていた。

倹四郎は、母娘の想像以上の貧しさと、それでもなお無理な虚勢をはっている二人に呆れながらも、新しくはじまった生活に満足しきっていた。

登喜子の体は、顔の若さよりもさらに年齢を感じさせない艶があった。かれが抱くと、登喜子の体には適度な羞《はじ》らいがあって、その思いがけない情感の初々しさに、かれは上機嫌だった。そして、百合子にも二階の六畳を一室あてがい、約束どおり受験させてこの春から私立の大学へ通わせていた。

しかし、そのうちに登喜子は、遠慮がちに時々床をのべて横になることが多くなっていた。医師にみせると、それは以前からの持病であったらしく、冠動脈不全という心臓病の一種であった。医師が帰ると、登喜子は、倹四郎の手前困惑しきった表情で、身をすくませてふとんの上に横になっていた。

かれは、母娘の術策にかかったことに気がついた。母娘は、貧しさからだけではなく、登喜子の病身を救う下心もあってかれを巧みに利用したにちがいなかった。

あらためて登喜子を見直す思いだった。百合子は素知らぬ風を装って黙っているが、登喜子の眼には、かれの機嫌を損じまいとする必死の色がおびえたように張りつめている。二人の不安そうな表情が、かれの白け返った気持をやわらげさせた。妻の病臥は、むしろ好都合なことだと思えなくもない。登喜子が生きる力の乏しいことを自覚している母娘は、その病気のためからもかれのもとを去る懸念はない。

老いたかれにとって、女に去られる苦痛はもはや味わいたくはなかった。想像するだけでも堪えられぬほどの寂寞感をかれにあたえるのだ。

「二時間ほど前なのですが……」

登喜子の遠慮がちな声が、隣室からしてきた。

「病院の加茂さんという人がおいでになりました」

倹四郎は、ぎくりとして登喜子の顔を見つめた。

「なにしに」

体が、一瞬、凍りついた。

「至急の用で来たのだそうですけど、留守だといったら、これを置いて行きました」

登喜子は、枕もとから病院用の茶色い封筒をとりだした。

倹四郎は、立って行ってそれを受けとると、封をきった。便箋にボールペンで、今日バラシた死体の引取り人が出て、明日午後に手渡すことになっているので早めに出勤をするように事務局から頼まれた……という趣旨のことが、細かい文字で書かれていた。

倹四郎は、白けた表情で便箋を封筒におさめた。職業の内容をかくしているかれにとっては、病院の者に私宅を訪れられることは迷惑なことであった。ことに、それが加茂であることは、作業の面だけでなく私事にまで介入されたような不快さだった。

「上ったのか」

かれの声は、ひきつれていた。

「いいえ。玄関でこれだけ置くと帰って行きました。百合子が、お茶でも……と言って引きとめていましたけど……」

登喜子は、顔色を変えて立ちつくしているかれの表情を、おびえたようにながめていた。

「それ以外になにか言っていたか？」

倹四郎は、登喜子を見つめた。

「いいえ。別に……」

登喜子は、いぶかしげにかれを見た。

倹四郎は、安堵が体中にひろがるのを意識しながら、テーブルの前に坐りなおすと、湯呑を手にした。

身許不明の死体は、法律的に骨標本にすることは禁じられている。が、心中した男の死体は、三ヵ月もたっているのに引取り人があらわれなかった。その上、腐敗しきって保存も限度にきていたので、思いきってバラシてしまったのだ。

今までにもそうした例は数知れないが、一年ほど前、突然、引取り人が出て、骨標本にしたことがばれたため多額の金を要求されたことがある。それ以来、病院の事務局ではひどく神経質になっている。

倹四郎は、加茂が家に来たことも当然のことなのだ、と自分にいいきかせ、封書でそのことを書き置いていった加茂の行為に安堵をおぼえていた。

やがて、かれは立ち上って封筒をふところに居間を出ると、廊下をつたって階段を上っていった。

上りきったすぐのところに板張りの扉がある。かれは、ふところから鍵を取り出すと扉をあけ、暗がりの中で内側から錠をしめた。スウィッチを押すと、二坪ほどのブリキ張りの小部屋が、電光に明るく浮びあがった。

一方の壁に棚があって、そこにおびただしい数の薬瓶が置かれ、机の上にはビーカーや試験管がびっしりと並んでいる。

　かれは、小さな流し場に身をいれて、ふところから出した封筒にマッチで火をつけた。そして、小さな椅子に腰をおろすと、紙の燃える炎の色を見ながら落着かない眼をしきりにしばたたいていた。ともかく、加茂の突然の来訪が、悪い結果をもたらさなかったことだけは幸いだった、と思った。

　封筒が、燃えつきた。かれは、うっすらと額に浮んだ汗を指先でぬぐった。安堵の色が、ようやく表情に浮んだ。

　かれは、しばらく椅子に腰をおろしたまま、うつろな眼で小部屋の中を見まわしていたが、やがて、椅子から立ち上ると、机の前に行って大型のビーカーの中をのぞきこんだ。

　琥珀色の液の中には、兎の頭部の骨がこちらに鋭く尖った歯列をむき出しにしている。

　倹四郎は、老眼鏡の奥に光る瞳を凝らしながら、ビーカーの蓋をとり、ガラス棒を兎の口腔の中にさしこんで、骨を液面から取り上げた。

　骨は、寒天のように透けはじめている。数日前見たときよりも、わずかではあるが、透明度はすすんでいる。

　かれの目もとに、無心な微笑がただよった。二年間の工夫の成果が、今度の薬品の組合わせで、ようやく自分の仕事を結実させたのだ。あとはただ、この薬品の調合を忠実に人骨に応用して、透きとおった骨標本を作ってみればよいのだ。

　倹四郎は、頭骨を液の中にもどすと、ガラス越しに骨をみつめた。

眼窩《がんか》と歯列の間から、気泡が液の中を立ちのぼっている。骨のうすい部分は、電光を受けて雲母のような明るい光沢をやどしていた。

三

翌日、かれは、朝の七時に病院へ行った。加茂と事務局の職員がすでに来ていて、かれを待っていた。

引取り人の眼をごまかす方法は、一つしかなかった。それは、バラシた骨を火葬場に持って行って焼いてしまうことだ。

かれは、加茂を連れて建物の裏手にまわった。そして、昨日、骨をいれた甕の蓋をとると水の中から骨をとり出し、五十センチ立方ほどの木箱の中に投げ入れた。箱は、あつらえたように骨を過不足なくおさめた。

加茂が木箱をかかえてコンクリート造りの死体収容槽のある部屋に運んだ。職員は、椅子に坐ったまま黙ってながめている。

倹四郎は、手を消毒すると控室にもどった。バラシた骨が、自分の手もとからはなれてゆくのはさびしい気がした。が、貧弱な骨格をしていた男の骨を思い起すと、それほどの未練はなかった。

かれは、椅子に腰をおろすと煙管を布袋から取り出した。ビーカーの中の透けはじめた兎の頭骨がよみがえった。自然と微笑が湧いてきて、かれは、明るい眼をして窓の外に視線を向けた。

煉瓦造りの建物にそった雑草の中に、茶色い甕が、十個近く朝の陽光を浴びて並んでいるのが見える。

かれの手がけた骨標本は、すでに四百体を越えている。それも、ほとんど一人でバラシから仕上げまでおこなったものばかりで、半数近くが他の大学へ貸出しという形式で移譲されている。

バラシをされた骨は、甕の中で一年近く水に漬けられてから取り出されると、骨に附着した腐肉をブラシやピンセットで除去する。そして、苛性ソーダ液にひたされて、弱火で長時間煮られた後、幾度も入念に水洗される。それから過酸化水素液に漬けられて漂白され、ブラシで十分にみがかれて銅線で組み立てられ、それで仕上る。神経をすりへらすわずらわしい作業であった。

かれの技術は、数多い骨標本作りの中でもゆるぎない定評をかち得ている。が、倹四郎自身にしてみれば、三十数年間の自分の歩みはもどかしいほど遅々としたものだとしか考えられない。甕に入れた骨が黒くなるのを、鉄分の作用だと気づいたのも十年ほど前のことであった。それからは、背骨の穴にとおす針金を細い銅線にあらためたりした。

仕上った骨は少し黄味をおび、ことに関節の部分は、脂肪が浮き出て濃い黄色を呈している。その色合いが、かれには不満であった。

死後かなりの日数をへた腐爛死体でも、腐肉の中には、貝の肉の中に光る真珠のように骨が瑞瑞《みずみず》しい白い輝きをおびておさまっている。それは、肉が醜いだけに、一層なめらかな光沢を際立たせている。が、それも、一年後に仕上るまでにほどこされる処理過程で、いつか光沢もうしなわれ、黄色い石灰物質になってしまう。

かれの努力は、ひたすら骨をバラシた時のままの状態で標本にしたい、という一点にそそがれていた。その成果は、緩慢ながらも徐々に実をむすび、かれの手にかかった骨標本は、骨本来の色も多分に残されているし、また、ある程度の艶も表面にほのかにただよっていると言われている。

そうしたかれの高名をしたって、訪れてくる他の大学の骨標本作りたちも多かった。が、倹四郎は、決してかれらに技術的な意見を述べることはしない。それが無駄なことを知っているからであった。一つの例をあげてみても、苛性ソーダ液で骨を煮るときの湯気の立ち加減、煮られている骨の肌の色合い、それらは、刀鍛冶の刃を焼く炎の色加減と同じで、骨によって按配が異なる。言葉で述べたところで、説明のつくことではないのだ。

それらの骨標本作りたちのたずさえてきたかれらの作品は、例外なく光沢のうすれた脂肪分のふき出た醜い物質にすぎなかった。

——これでは、骨の死骸だよ。

かれは、ためらう風もなくつぶやく。かれにとって骨は、肉体が滅びても生きつづけていなければならないものであった。

が、いくら工夫を凝らしてみても、倹四郎の心は満たされなかった。骨が標本に仕上るまでの化学処理で、内部組織は破壊され骨本来の美しさはほとんど消えている。そうしたかれの不満を裏書きして、ある研究室員が、こんな意味のことをかれの前でつぶやいた。

つまり、現在のままの醜い骨標本では、ただ形態だけのもので、合成樹脂をはじめ種々な原材料を使って骨標本を作れば、それで十分に研究の資に供することができはしないか。一年もの月日と労力を使ってまで、人骨を標本に仕立てる必要があるものかどうか……。

かれは、一瞬、息のとまるような衝撃をおぼえ、顔色を変えた。自分の生命を賭けてきた対象が、その一語によってもろくも崩れ去ってゆくのをおぼえた。

美しい標本を作り上げようと思い立ったのは、その時からであった。かれは、腐肉の中からのぞいている骨を仔細に観察した。骨には、寒天状に透けている個所がある。その部分の骨は、新鮮で美しくみえた。もしも、透明な骨標本ができたとしたら、骨の内部も透けてみえ、医学的にも価値があろうし、また、美しい骨を作りたいという自分の欲望も満たされる。水晶のように透けた骨、水槽のガラスを透して中をのぞくように骨の内部もうかがいみることのできる骨標本。

倹四郎は、ひそかに主任教授の私宅を訪れた。そして、自分の意図を話し、おそるおそる実験用動物の使用を頼みこんだ。

——そんなものができるかね。

教授は、半ば訝《いぶか》しそうな表情をした。

——もしも、できたとしたら大したものだがな。

教授は、心もとなさそうに言いながらも承諾してくれた。

倹四郎は、面映ゆそうに眼をしばたたいて立っていた。むろん、ある程度の成算はあった。骨や歯の硬組織を顕微鏡でしらべるときに、マイゼンゾイレという薬品を使って脱灰し、数ミクロンの薄片を切り取ることがしばしばおこなわれている。その薬液は、石灰分を脱解させると同時に骨や歯をわずかながら軟化させ、その上、半透明にさせる作用も持っている。

骨が軟化することと半透明になることとは、結局、石灰分の脱解に帰するのだが、半透明になった軟骨に別の要素のものをくわえて硬化作用をほどこせば、かれが理想とする骨標本が生れることも決して不可能ではないと思えるのだ。

——この話は極秘にしてください。洩れますと研究を盗まれてしまいますから。

かれは、辞去する折に、深刻な表情で何度も念を押した。

——よしよし、わかった、わかった。

教授は、倹四郎の真剣な眼を可笑《おか》しそうに微笑してながめていた。

それから二年近く、かれは、研究室の者たちの眼をぬすんで、ひそかに小動物の骨を身につけて家に持ち帰るようになった。帰宅してからも、特にそのために改築したブリキ張りの小部屋に、厳重に鍵をかけて閉じこもった。むろん、家の者に自分の職業を気づかれぬための警戒心からでもあったのだが……。

自動車のエンジンの音が建物の外でして、やがて、加茂と職員が火葬場へ木箱を送りだしたらしく、前後して控室に入って来た。

「手数ばかりかけやがって、一文のとくにもなりゃしなかった」

職員は、腹立たしそうに言うと、眠り足りなそうに小さな欠伸《あくび》をした。そして、所在なさそうに標本棚の中をのぞいていたが、やがてスリッパをひきずりながら部屋の扉を押して出て行った。

係員が出勤してきたらしく、隣の部屋で床を洗う水の音がしてきた。

加茂は白衣をつけると、整理棚から仕上った標本の骨片を出して、机の上にひろげ、銅線をつかって骨の組み立て作業をはじめた。

倹四郎は、坐ったまま机の上の骨の仕上り具合をながめた。二本の肋骨が折れ、背骨も粉々にこわれている。電車に飛込み自殺をした推定三十歳前後の身許不明の男の骨で、妙に光沢のとぼしい奥歯に金冠が冴えざえとかぶせられているのが、その標本に鮮やかな彩りを添えていた。

加茂は、骨格図を片手に、足指の骨を図と見くらべながら並べている。倹四郎は、なにげない風を装って、時々するどい視線を加茂に投げかけていた。

色白の華奢なととのった目鼻立ち。眉や髪の生え際には、青ずんだすがすがしい色が匂っている。骨をいじるには、似つかわしい人間には思えなかった。

倹四郎の胸には、かなり以前からかすかな疑念がきざしてきている。加茂は、もしかすると自分の技術を盗むために助手を志願してきたのではないだろうか。それだけでなく、透明な骨標本を作ろうとする自分の企てをひそかに聞きこんで、それを探るために他の大学から送りこまれて来たのかも知れない。

「おい」

倹四郎は、表情の硬くなるのを避けながら声をかけた。

加茂が、不意の声に驚いたように顔をあげた。

「仕事は慣れたかい」

煙管をはたきながら、ごく自然な口調で言った。が、その声はなんとなくぎごちないのが自分でも意識された。

「いいえ、まだだめです」

加茂は、面映ゆそうに苦笑した。

倹四郎は、その殊勝げな答えにはぐらかされたような気持がした。

「いやじゃないのかね、こんな仕事」

加茂は、首をかしげた。

「別にどうといって。給料も悪くはありませんし、第一、ぼくみたいな体じゃどこだって使ってくれやしません。病院に勤めていると言えば、体裁もいいですからね」

加茂は、妙に冷静な眼をして言った。

「家族の者は仕事の内容を知っているのかね」

倹四郎が、なおもたずねると、加茂の口もとに拗《す》ねた微笑が浮んだ。

「姉だけなんですけどね。そのことを話しましたら卒倒しかけましたよ、詳しく話してやったもんですから……。でもいいんです、姉は、貸ぶとん屋をやっている男の妾になっているんです。ぼくの手術費を借りた恩があるとか言っていますが、口実なんです。ですから、ぼくも自由に職業をえらぶ権利があるんです」

加茂の口もとには、ゆがみが浮びつづけている。

「死体の骨をとることは恐しくはないのかい」

倹四郎は、少し加茂の言葉に気圧されたように言った。

「平気です。ぼくは生きているうちに骨をとられたんですから……」

倹四郎は、加茂の顔を思わずみつめていた。

「骨を返してくれと言ったそうだな」

加茂は、口をつぐんだ。

「きれいだったからか？」

倹四郎の眼は、いつか探るような眼になっていた。加茂のこの華奢な体から肋骨が生々しく取り出される情景が、倹四郎の胸を激しくたかぶらせた。

加茂は返事をしない。伏目になって骨格図を指先でいじっている。

その不意の変化に、倹四郎は、苛立った。

「骨は見なかったのか」

顔を硬直させながら、答えをうながした。

「いえ、シャーレの中に入っているのを見ました」

加茂が、冷えびえとした顔をあげた。その表情に倹四郎の心は動揺した。凍った硬い表情をしているのに、加茂の眼には血の色がさしていて、かすかに涙ぐんでいるようにさえみえる。激しい侮蔑にじっと堪えている人間がしめす表情によく似ていた。自分の骨を眼にしたことが動機で、他人から嫌われる職業に身を沈ませた自分に、人間としての強い羞恥を感じつづけているのか。それとも、骨をとられたために、いまわしい仕事をつづけねばならぬ自分を蔑んでいるのか。

加茂に対する疑念は、いつの間にか薄らいでいた。骨をとられてしまった加茂は、復讐にも似た気持で、バラシ作業に従事しているとも考えられる。骨を返してくれ、と口にしたその言葉は、加茂が人一倍自分の肉体をいとおしむ性格であることをしめしている。その愛惜の念が、かれを嗜虐的な気持にかりたてて、他人の骨をいじらせているのかも知れない。

加茂は、骨格図を手に足指の骨を黙ったまま並べはじめた。

倹四郎は、その横顔を今までとは変った感情でみつめた。骨標本作りの助手という職業以外に生活の費用をひねり出すことのできない加茂が、ひどく哀れに思えた。その加茂の生きた体からとり出されたという肋骨のみずみずしい光沢が、倹四郎の心をゆすぶった。

翌日、倹四郎は、肺外科の医師に頼んで手術室に入りこんだ。

かれは、執刀医の肩越しに患者の背の肉がきり開かれてゆくのをまたたきもせずに凝視していた。

電気メスが何度も動いて、やがて、肉の中から青みをおびた白い肋骨が現われてきた。かれは、眼を見はった。切り開かれた肉も肺臓もみずみずしく動いていて、その中で、光沢をおびた肋骨が、まわりの肉とともに確実に生きてみえた。

まばゆく光る大きな鋏状《はさみじょう》の道具が、その骨に食いこみ、乾いた音がすると骨が切断された。

シャーレの中に、骨が捨てられた。かれは血にまみれたその艶やかなものを息を殺して見つめた。それは、腐爛死体から取り出される骨とは異なって、水からあげられたばかりの小魚のように、さわれば弾ね返りでもする新鮮なものにみえた。

透明標本と、その肋骨とがかれの胸の中でかたくむすびついた。

蹌踉とした足どりで手術室を出ると、かれは、教授の部屋のドアをあけた。

「新鮮な死体を？」

教授は、血走ったかれの眼を呆れたようにのぞきこんだ。

死後硬直のはじまっていない新しい死体は、皮膚から内臓までもれなく新鮮標本として採取され、フォルマリン漬けにして保存される。そして、新鮮標本を採取された後の死体は、アルコールの水槽に入れられ、ある期間をへて焼骨されてしまうまで研究用に使用されるのだ。むろん、こうした死体が運びこまれることは稀で、それだけに研究室にとっては貴重な存在であったのだ。

「難しいことを持ちこんできたものだね」

教授は、急に白けた表情をして不機嫌そうに黙りこんだ。

骨標本用にまわされてくる死体は、アルコール貯蔵もできない腐敗したものや、轢死体のような破損された廃物同様のものにかぎられていて、そうした慣習から推してみても、たしかにかれの申し出は、骨標本作りという分を越えた突拍子もないものであった。

かれは、教授の表情にうろたえながらも、必死に口を動かした。

「無理だということは十分わかっております。私も、分はわきまえております。その代り、私の死にました時には、無料で体を使っていただく手続きをいたします。葬式も墓もいりません。立派な透明標本さえこの世にのこせれば心残りはありません」

唇をふるわせ懇願しているうちに、かれの声はうるみをおびてきていた。

やがて、教授は、かれの熱意に気分を直したらしく、

「それほどまでに言うなら、一体だけまわしてあげよう」

と、言った。

かれは、教授が辟易するほど執拗に頭をさげ、身をすくませると、教授の部屋を出て行った。

四

その夏は、驟雨の多い年で、その度に坂の傾斜から雨水が石段を洗い流れてきて、家の周囲に雨水の溜りをつくった。そして、夜、空気が冷えはじめると、附近の邸の庭樹から水気をふくんだ靄《もや》が湧いて、一段と低まった倹四郎の家の周囲に厚い層となって白く沈澱したりした。

夕食が終ると後片づけをして、百合子は、すぐに二階へ上ってしまう。かれと口をきき合うことはほとんどなかった。食卓にむかい合っても、よそよそしい表情で箸を動かして

いる。いつも素顔のままで、黒々とした髪をそのまま後ろへ垂らしている。冷えきった顔に朱をふくんだ唇の色が、その部分だけ息づいてみえた。

二階へ百合子が去ると、やがて、寝室には古びた蚊帳《かや》が張られる。結婚した折に登喜子母娘が持ちこんできたもので、生地の目もつみ、四隅に色あせた大きな朱房が垂れていて、登喜子たちの華やかな一時期の生活をうかがうに十分なものがあった。

電灯の光を弱めると、蚊帳の中には、青みどろの池の底にいるような暗さがひろがった。この蚊帳の中で、妻が七年前に病死したという夫に抱かれたことがあるかと思うと、その男の凝視に射すくめられているような錯覚を倹四郎はおぼえた。

倹四郎は、妻の体を荒々しく抱いた。青ずんだ蚊帳の中で血の気のうすい妻の目鼻立ちは、その一つ一つが浮き出し、四十歳を越えたとは思われぬ稚《おさ》なおさなした表情が浮んでいた。

妻が初めて失神状態におちいったのは、夏も終りに近づいた頃であった。妻は、胸を波打たせ、手足をはげしく痙攣させていた。

かれは、妻の体から身をはなすと電灯を明るくした。

「おい、おい」

倹四郎は、眼の吊りあがった登喜子の顔をゆすった。白けきった唇の間からのぞいている歯列が、陶器のように乾いていた。

かれは、蚊帳を出て勝手元に行くと、コップの水を口にふくんで、妻の顔にふきかけた。そして、喘ぎがわずかながらも鎮まるのを見とどけると、下駄をつっかけて坂を駈けおりた。

医師が来て注射が打たれ、胸に濡れタオルがのせられた。やがて、荒い呼吸もしずまり、登喜子は顔一面に疲労の色をみなぎらせて深い眠りの中に落ちていった。

若い医師は、白けた表情で注射器具を鞄の中におさめはじめた。

「どうしたんですかね」

倹四郎は、医師の顔をうかがった。

「無理ですよ、奥さんの体では。節制していただきませんとね、保証はできませんよ」

医師は、乱れた寝床から視線をそらせて、素気なく言った。

倹四郎は、拗ねたように黙りこんだ。若い医師に私事をとがめられたことが不愉快だった。

倹四郎は、口もきかず医師を玄関まで送って出た。医師は、靄の白くよどんだ石段を上って行った。

鍵をしめると、かれは、廊下を居間の方にもどりかけたが、ふと、身近に人の気配を感じて体を硬直させた。空耳か、とも思ったが、たしかに板のきしむかすかな音を耳にした。

かれは、その方向に眼を上げた。闇に近い階段の中段あたりに白いものがほのかに浮び、それがゆっくりと身をめぐらすのが眼にとまった。

白いものは、階段を一歩一歩あがって行き、上りきった所で消えた。

かれは、廊下に立ちつくして、闇の濃い狭い階段を見あげていた。

しかし、そんなことがあっても、かれは、妻の体を抱くことはやめなかった。来ては去り、来ては去った過去の女たちとの生活のあわただしさが、いつの間にかかれを性急な男に作りあげていた。自分のいまわしい職業が露見してしまうか、それとも死が不意に妻に訪れるか、いずれにしても登喜子を失う日のやってくることは十分に予想される。それだけに、かれには妻の病軀を配慮する心のゆとりが欠けていた。

かれは、いつか鎮静剤を登喜子の腕に注射するようになっていた。登喜子が失神すると、かれは、落着いた手つきで濡れタオルを乳房の間にあてたりした。

かれは、妻の体を抱きながらも、階段の板のきしみに絶えず耳をかたむけていた。寝巻姿の百合子が、階段の闇の中でじっと階下の気配をうかがっている気がして落着かない気分だった。


薬液の中に沈んだ兎の頭骨の変化は、確定的になった。

かれは、琥珀色の薬液を注意ぶかく観察しつづけ、秋に近い頃、骨を液の中から取りあげた。液に漬けてから、すでに四ヵ月ちかい月日が経過していた。

観察の結果、薬液にひたす最適の期間は三ヵ月程度で、透化の進度もほぼその期間で終了し、それからは、妙なこまかい白い気泡が骨の表面に浮びはじめている。が、それでも透けた骨は、かれの期待どおりの美しさだった。うすい骨の部分は、背後の物が淡く映じるほど透けてみえ、骨の厚い個所は、びっしりと卵をはらんだ淡水魚の腹部に似たなまめかしい黄味をおびた光沢を浮き出させていた。

かれは、複雑な形態をした兎骨を、ギヤマンの小壺でも観賞するように掌にのせてさまざまな角度からながめまわした。ことに透明な部分から骨の厚い半透明な部分に移るぼかしの色が、かれを恍惚とさせた。

かれは、布袋につつんで、その骨を主任教授の部屋に持ちこんだ。

教授は、渡された頭骨を凝視していたが、表情には驚きの色が浮んでいた。

「大したものを作ったね」

教授は、そう言ってかれの顔を見上げた。

倹四郎は、面映ゆそうに顔を紅潮させていた。

教授は、透化方法について質問した。それに一々かれが答えるのを、教授はうなずきながら透けた骨をながめまわしていた。

「それで……」

話がとぎれると、倹四郎は遠慮がちに口をひらいた。

教授が、顔をあげた。

「前に、先生にお話をいたしましたが、新鮮な死体を一体頂戴いたしたいのですが……」

倹四郎の顔には、卑屈なほどの媚びた微笑が浮んでいた。

教授は、頭骨を掌にのせたまま
「腐爛死体ではいけないのかね」

と、煙草ケースを取り出しながら素気ない口調で言った。

倹四郎の顔が、こわばった。

「それは困るんです」

かれは、うろたえて首を振った。

「しかし、腐爛していても骨は変らんぜ」

教授は、ライターで煙草に火をつけた。

「いいえ、いけません。それは困ります」

倹四郎は、唇をふるわせた。

「そうかね、どうしても困るのかね」

教授は、倹四郎のあわて方に苦笑し、

「わかった、わかった」

と、うなずいた。

倹四郎は、ようやく安堵した表情をみせて部屋を出た。

かれの気持は晴れなかった。頭骨を眼にした時の教授の驚きと、その後の曖昧な態度とは矛盾している。医学的に価値ある成果ではないとみたためなのか、それとも卑しい地位にある自分を軽視したためなのか、いずれにしても釈然としない不安をおぼえた。

かれは、頭骨の入った布袋をにぎりしめて、湿りがちな小路を研究室の建物の方へ歩いて行った。

かれの不安は、その日の午後になって早くも事実となって現われた。

骨を茹《ゆ》でているソーダ液の湯気の状態を見てから、もどりがけになに気なく死体収容室をのぞいたかれは、石造りのベッドのかたわらで三人の研究室員が作業をしているのを眼にした。

ベッドの上に開き加減の死体の足の裏が、眼にとまった。それは、アルコール槽に長い間漬けられた白くふやけた足の裏ではなかった。

倹四郎は、眼を見ひらき小走りにベッドの方に近づいた。瘦せた若い女の真新しい死体が、ベッドの上に仰向けに載せられていた。死体の腕を研究室員の一人が上にあげて、腕の付け根の腋毛《わきげ》のはえている皮膚にメスをあてていた。受け口気味の唇の皮膚を切りとっている者もあった。

あきらかに、かれらは、新鮮標本の採取中だった。

「なにをしているんです」

かれは、うつろな声をあげた。

不意の声に、男たちはメスの手をとめて振返った。

「なにをしているって、標本をとっているんだよ」

小太りの研究室員が、いぶかしそうにかれの顔をながめた。

「いけません。これは私のものです」

かれは、興奮した声で言うと、ベッドのふちをつかんだ。

女の体中の皮膚が所々採取されていて、色模様のタイルの床のように、その部分にわずかな血の色がにじみ出ていた。

「妙なことを言うね。じゃ、あなたが新鮮標本を採るとでもいうのかい」

「ちがいます。骨標本をとるんです」

かれの声は、甲高くかすれていた。

三人の男は、顔を見合わせた。顔に一様に薄ら笑いがうかんだ。

「なにを言ってるんだい、あんた。これは、死後二時間しかたっていないやつなんだぜ。骨標本用とは代物がちがうじゃないか」

男の一人が、言った。

「仕事の邪魔だからすぐ出て行ってくれよ、冗談じゃないぜ」

別の男が、わずらわしそうに言った。

「いけませんよ、あなたがた。私は、主任先生のお許しを得ているんです」

かれは、体をふるわせて言うと、女の足首をにぎりしめた。

「困ったね。この人は……。おれたちは主任教授の判をもらってやっていることなんだぜ」

倹四郎は、ぎくりとしてその声の主に顔をむけた。

「第一、骨標本にはそれに向いたものがあるだろう。教授があなたにそんなことを言うわけがないじゃないか」

眼鏡をかけた男が、苦笑した。

「主任先生が、私にくださるとはっきり言ったんです」

かれは、体が萎縮するのを感じながらも虚勢を張ってなおも言い張った。

「わかった、わかった。じゃ、教授にきいてきなよ。いいと言ったらいつでも渡してやるから……。さ、仕事の邪魔だ」

浅黒い男は、苦りきって言うと、かれの肩を押した。

メスが動いて、作業が三人の手で倹四郎を無視してはじめられた。この死体の骨は新鮮標本をとられたあと、アルコール液に浸され学生たちの実習メスでいじりまわされて、やがては廃棄物のように焼骨されてしまうのだ。

倹四郎は、ベッドのふちにかたくなに立ったままメスの先を見つめていた。気まずい沈黙がひろがった。そのまま立ちつくしていれば、一層自分が惨めなものになることはわかっていたが、かれはその場を動こうとはしなかった。

やがて、かれは、ぎごちない足取りで入口の方へ歩いた。

教授の部屋のドアをあけると、教授は、外出の仕度をしているところだった。

倹四郎が、こまかい汗の浮いた顔で恐るおそる不服を述べると、教授は黙ったまま机の上を取り片づけていたが、

「すぐにというわけにもいかないじゃないか。いつかはやると言ってるんだ。あまり面倒なことは言わんでくれよ」

と、神経質そうに静脈を額に走らせると、苦りきった口調で言った。

かれは、頭を何度もさげ、腰をかがめたまま部屋を出た。体から一時に力が抜けたような疲労感をおぼえた。

控室にもどると、椅子に腰を落した。隣室からは、研究室員たちがしきりに作業をおこなっている気配がしてくる。今までも無意識に感じつづけてきたことだが、研究室での自分の地位の限界をはっきりと思い知らされた気持だった。

自分の知らない外国語をまじえて会話するかれらに、測り知れぬ畏怖と劣等感をいだいている。四十年近くメスをふるいつづけてきた自分も、結局は無学な一介の骨標本作りに

しかすぎないのだ。

「気分でも悪いんですか」

部屋の隅で仕上った骨の整理をしていた加茂が、気づかわしそうにかれの顔をうかがった。

倹四郎は、加茂の顔を椅子にもたれたまま見上げた。夕照がガラス窓一杯にあたっていて、その反映に、加茂の顔は若々しく輝いてみえる。四十年ほど前、骨標本作りという仕事に魅せられてこの職につき、結局は自慰的な満足感だけで報いられることのなかった自分と同じ道を、この若い男も進もうとしているのか。

かれは、奇異な人間でもながめるように加茂を見つめ直した。

「あんたは、学業はどこまでやったんだ」

不意に問われて加茂は、いぶかしそうに、

「学校ですか。病気のため高校三年で中退しました」

と、抑揚のない声で言った。

「一生、この仕事をつづける気かい」

加茂は、一瞬言いよどんだ。

「ほかに向く仕事もなさそうですから……」

その眼に、弱々しい光が浮んだ。

それは、自分にも同じことが言えそうであった。六十歳を過ぎた身では、他に職の口はあろうはずもないし、バラシをすることにしか生活の糧《かて》を得る道もないはずだった。

倹四郎は、うなずいた。心の安らぐのをおぼえた。人の眼の範囲外でひっそりとおこなわれている職業に入ってきたこの若者と、二人きりで憐れみ合いながら寄りそっている親密感が、いつの間にか胸の中に忍び入っているのを感じていた。

「この間、胸の手術を見学したよ」

かれは、煙管を取り出した。

「きれいだった、結構なものだった」

倹四郎は、煙草をくゆらせた。いとしいものと会話しているようなうるんだ心の和みだった。

「私も新しい死体から骨標本がとりたくなってね、主任教授にもお願いしてあるんだよ」

かれは、穏やかな表情で言った。卑屈な憤りも消えて、素直にその機会を待ちたい気持になっていた。

倹四郎は、かすかに笑みを口もとに浮べながら椅子にもたれていた。煙草の燃えつきる音がし、煙管を空缶のふちでたたくと腰を上げた。

「帰ろうか」

珍しいかれの言葉だった。

加茂は、いぶかしそうな顔をしながらも、あわて気味に帰り仕度をはじめた。門を二人で肩を並べて出るのは、初めてのことであった。それだけに二人ともなんとなく気まずそうに口をつぐんだままであった。

バスの停留所まで、加茂がついてきた。舗装路には、西日に車体を光らせた自動車がせわしなく往き交っていた。

「光岡さん」

加茂が、突然、言った。

「実は、昨日の夕方、お嬢さんが病院の門の所で待っていましてね」

倹四郎は、反射的に夕色の中に浮んだ加茂の顔を見つめた。

「光岡さんの職業をきかれました」

倹四郎は、急に眼の前が白けるのをおぼえた。恐れていた時がやってきたのだと思った。かれは、自然と加茂の言葉を待つ表情になって加茂の顔を見つめた。加茂は、黙ったまま倹四郎の顔をながめている。

「お宅では、奥さんにも、あの義理のお嬢さんにも職業のことは話していないんですね。そのことにすぐに気づいたものですから、研究室の薬品管理をしている、と言っておきました。それでよろしかったんですね」

加茂は、ゆっくりした口調で言った。

倹四郎は、体から一時に力が抜けてゆくのをおぼえた。自分の運命が、加茂の掌の上にゆだねられているのを意識した。

「喫茶店でいろいろ話をしました。きれいなお嬢さんですね」

加茂は、舗道の自動車の列の動きに顔を向けている。

加茂が、倹四郎に眼を向けた。その眼には、かすかな羞じらいの色があった。

「ぼくのこともきかれたんですけどね。研究室のインターンの医学生だと言っておいたんです。もしも、お嬢さんにきかれたら、ぼくもそういうことにしておいてもらいたいんです」

倹四郎は、加茂の顔を見つめた。加茂の眼からはいつの間にか羞恥の色が消えている。

倹四郎はうなずき、思考のまとまらない眼で舗道の方に顔を向けていた。

バスがフロントガラスを輝かせながらやって来た。

「それでは、失礼します」

加茂は、乾いた表情で頭をさげ、身をめぐらすと片方の妙にいかった不揃いな肩をゆすりながら、人混みの中を駅の方角にむかって歩いて行った。

かれは、布袋を手に、加茂の後ろ姿が遠ざかるのを放心した眼で見送ってたたずんでいた。

その日、家に帰ったかれは、百合子の顔をまともにながめるのが恐しかった。いつの間にか百合子は、自分の体臭に異様なものを感じとっていたのだろうか。かれから殊更身を避けがちな百合子の態度も、その異臭のためかとも思える。

登喜子は、夜抱かれる時でもかれを忌避するような素振りはない。むろん、異臭には気づいているのであろうが、それを倹四郎の生来の体臭と思いこんでいるのか、それとも、病院に勤務しているための職業的な臭いだときめているのか。

ある女は、倹四郎の体臭からその職業を知ったとき、

——今まで死骸に抱かれていたんだ。

と、顔をゆがめて泣き叫び、唾液をあたりかまわず吐き捨てつづけた。

そうした過去の記憶から推して、登喜子が自分にことさら嫌悪感をいだいていないらしいことから察すると、百合子は母に自分のいだいている疑惑を告げたことはないようだ。

百合子は、おそらく自分一人の利益のためにその疑惑を究明しようとして、加茂に会ったにちがいない。つまり、倹四郎の弱点をつかんで、自分の家の中での優位をかちとろうとしているのだろう。

倹四郎は、バスの停留所でみた加茂ののぞきこむような眼の色を思い起していた。加茂は、あきらかに倹四郎と取引をしたのだ。倹四郎の職業をばらさぬ代りに、自分のことを医学生だということにして置いてくれ、という。

二人の若い男女が空恐しいものに思えた。百合子は、その日以後も相変らず冷淡な表情

をし、加茂も素知らぬふりをして仕事をつづけている。恐らく加茂は、百合子とこれからも会うつもりでいるのではないだろうか。

倹四郎は、脅かされるような不安を感じた。


秋が深まると、死体の搬入が急に目立ってきた。養老院からの二体をはじめ、轢死体、売込みの幼児の死体と、つづいて四体が研究室をにぎわせた。

その幼児の死体を目にした倹四郎は、持ちこまれたばかりの粗末な棺に納められた小さな体にしがみついた。

研究室の者たちが、棺からかれの体を引き離そうとしたが、倹四郎は喚きながら棺の中に半身を入れて幼児の体を抱きつづけていた。

主任教授が、研究室員の報せでやって来て、倹四郎を控室に連れて行った。

教授は、今年は新鮮標本が欠乏しているのであの死体をやることは出来ない。しかも、幼児のものは、ことに珍しく貴重なものであるから、新鮮標本用にまわさなければならない。骨標本用には当分腐爛死体を使ってもらう。教授はさらに「研究室の秩序をみだしてもらっては困る。身勝手な贅沢は決して許さない。もし今後もこのようなことがあったら、研究室としても十分に処分方法を考えねばならない」と、露骨に眉をしかめた。

倹四郎は、蒼白な顔でうなだれていた。

「決してやらないといっているんじゃないんだ。折があったらまわしてやる。ぼくの言うまで待っていろというんだ」

教授は、苦りきった口調で言うと、スリッパを鳴らして部屋を出て行った。

倹四郎は、頭をたれて立ちつくしていた。


倹四郎は、急に無口になった。

研究室へは、毎日、機械的に出勤はしてきていたが、控室にはいると椅子に腰をすえたまま部屋の外へは出ない。異様な光をやどしていた眼の輝きも消え、表情にもうつろな色がひろがっていた。

腐爛死体の入室はなかったので、バラシ作業をする必要はなかった。ただ、甕の中で夏の酷暑をすごした人骨の処理が数体あった。些末な作業まで決して他人まかせにしたことのないかれには珍しく、一切それらの処理を加茂にまかせていた。処理作業の手順を指示するかれの表情も大儀そうで、一時に老いがかれの体になだれ込んだような変化であった。

定時になると、寸刻も惜しんで帰り仕度をすませて部屋を出る。バスに乗っても席が空くと眼を血走らせて座席に腰をおろす。疲れたように居眠りをすることもあった。

百合子の帰宅が、少し不規則になっていた。

夜十時頃帰ることも稀ではなく、日曜日の外出もふえていた。

「百合子とは、その後、会っているのかね」

倹四郎はうつろな表情で加茂にたずねる。なるようにしかならないという諦めに似た表情が、その顔にあらわれていた。

「会っています」

加茂は、乾いた口調で言った。

「一緒になる気でもあるのかね」

「さあ、そこまでは。でも会ってはいけないんですか」

「そんなことはないよ」

加茂には、倹四郎を相手の父親だという意識はないらしい。百合子の口から洩れる倹四郎の印象が、加茂にそうした態度をとらせているのだろう。

「しかし、光岡さんの仕事のことは、一言も口にはしませんよ」

「それはそうだろう。お前のこともばれてしまうからな」

自然になめらかに言葉が出た。が、倹四郎には、加茂の気持をひるませてやろうなどという作為はなかった。それよりも言いたい事があったのだ。

倹四郎は、ゆっくりと煙管に煙草をつめた。

「おれは、今まで十人近い女に捨てられてきた。仕事を感づかれてね。嘘をついてもかくしおおせるものじゃない。特に百合子のような勘の鋭い女は尚更だ。みんな逃げてしまったからな。三年いてくれたのが一番長かった」

倹四郎の声には、自分に言いきかせている響きがあった。登喜子母娘も、今に身をふるわせて出て行ってしまうだろう。加茂が、それと同じ轍をふむことははっきりしている。

かれは、嘘をついている加茂が、危なかしくてみていられないのだ。憐れでさえあった。そして、加茂の素姓がばれたときは、倹四郎の職業も露見する時なのだ。が、自分はまだいい。若い加茂は、そのことに衝撃を受けて苦しみもだえるだろう。職を辞して去るかも知れない。

家でも職場でも、一人きりの生活にもどるのだ。その上、透明標本を作るあても失われてしまった自分の行く末を考えると、ただ茫漠とした老いの淋しさだけがひろがってゆく。ようやく冷えを増してきた研究室の控室では、瀬戸火鉢に炭火が入るようになった。そのふちに足をのせ、かれは、煙草をくゆらせながらほとんど身動きもしない。終日、黙って冬枯れの裏庭をながめていた。

教授にも若い研究室員たちにも、すでになんの感情も抱いてはいない。自分の仕事の終着は、結局はこうにしかならなかったのだ。いくらもがき苦しんでも、職業にも生活にもそれぞれの限界がある。その限界以上を望み仕遂げようとしても、つまりは不可能なことであるのだ。

かれは、今、その限界点に到達してしまった自分を確実に感じている。人間としての自分の仕事は、これを限度にすべてが終結してしまったのだ。

枯れ研がれた樹立の梢の先端が、乾ききった冬空にするどく突き刺さっている。窓ガラス越しに、かれの眼は嬰児のように無心にみひらかれて、その尖端をまたたきもせずに見上げている。

初冬のうすれた日を浴びて仰向いているかれの穏やかな顔は、安らいだ一刻をすごす老人の表情であった。

五

寒気が増して、路地は毎朝、霜柱におおわれた。

夕食後、炬燵《こたつ》に身をかがめてひとときうたたねをすると、温《あたた》まった炬燵ぶとんを寝床にかけて眠りに入る。

百合子の帰宅は、ほとんどかれが寝についてからのことが多かった。が、それでも稀にはベルの音に目ざめた妻が、足音を忍ばせて玄関に出てゆく気配を夢現《ゆめうつつ》に感じることもある。格子戸の開く音がして妻の低い声がきこえてくる。が、百合子の声は、いつもほとんどきこえない。玄関から廊下へ……、そして階段をひそかにのぼって行く板のきしみがきこえてくるだけであった。

ある夜、自分の肩が遠慮がちにゆすられているのに気がついた。眼を開くと、枕もとに羽織をかけた登喜子が顔をこわばらせてのぞきこんでいるのが眼にとまった。

「百合子が、ひどい咳をしてます。熱があるらしいんですが、見て来てやっていただけませんか」

かれは、耳を澄ました。ふとんに顔を埋めているのか、真綿につつまれたような咳込む音がきこえている。

かれは、大儀そうに身を起し、丹前を羽織ると居間を出た。冷たい階段の板をゆっくりとふんで二階にあがると、暗い壁に手をふれさせながら百合子の部屋の外に立った。襖の間から淡い光が洩れている。若い女の体臭が、廊下の闇にただよい出ているように思えた。

倹四郎は、気おくれを感じた。

「百合子」

低い声で言った。が、その声は自分でも異様なほどやわらぎのある声だった。

「どうしたんだ、風邪でもひいたのか」

かれは、部屋に入るきっかけを作ろうとして声をかけながら、襖を少しひいた。

かれの眼に、意外な百合子の姿勢がみえた。百合子は、寝巻の衿を正しく合わせてふとんの上に正坐している。その姿には、近づいてくる足音に気づいて、かれのくるのを油断なく待ち構えていた厳しさがあった。

た。

「咳がひどいな、熱でもあるのか」

百合子の思いがけぬ姿勢に途惑いをおぼえながらも、かれは、部屋に足をふみ入れかけ

横顔をみせたままの百合子の唇が動いた。

「階下《した》へ降りていてください。なんともありません」

細い声ではあったが、鞭で一点をするどく打ちこむような甲高い声だった。

かれは、入れかけた足が急に萎縮するのを感じた。

「大丈夫か」

「下へ降りてください。部屋へ入らないでください」

澄んだ声が、きびしくかれの耳にひびいた。

かれの顔から、血の色がひいた。屈辱感が胸を凍らせた。職業に対する卑屈な感情が体中にひろがった。

かれは、身を硬くしたまま百合子の姿を見おろしていた。

肩先から夜の冷気が忍び入ってくる。拒否されたまま立ちつくしている自分の姿が無惨なものに思えた。

倹四郎は、ぎごちなく退って襖をしめ、暗い廊下を手探りでもどると階段を下りた。

居間の襖に手をかけて、登喜子が立っていた。かれは、無言で丹前をぬぎ捨てると、ふ

とんの中に冷えきった体をもぐりこませた。

「どうでした」

登喜子が、おずおずと言った。

「呆れた娘だ。部屋に入るな、と言いやがった」

かれは、苦々しげに言った。

登喜子は、顔をこわばらせた。

「どうかしているんです、あの子は……」

その声は、おびえたようにふるえていた。

二階からは、また押し殺した咳込む音がきこえてくる。その音に耳を澄ましているのか、登喜子は、居間の入口でいつまでも立ちつくしている。

かれは、急に腹立たしくなってふとんの中から首を伸ばした。

「いい加減に寝ろ。それ以上体を悪くしても、もう治療費は出してやらんぞ」

登喜子の顔が青ざめ、「はい、はい」と激しいうろたえ方をすると、羽織をぬぎ、すぐにふとんの中に身を入れた。

かれは、顔をしかめて冷えた足をこすりつづけ、腹立たしそうに舌打ちしながら、わざと荒々しくふとんの上で寝返りを打った。

翌日は日曜日で、倹四郎は、午《ひる》近くになって起きると、勝手元に立って簡単な食事の仕度をした。百合子は、食事時にも起きてはこない。拗ねた百合子の気持が苦々しく、呼びに行く気にもなれなかった。

かれは、炬燵を作ると、昨夜の寝不足を取りもどそうとして身をかがめて居眠りをした。二階からの咳はきこえていなかった。

淡い西日が、障子を染めはじめた。

かれは、炬燵から身を起した。ベルが鳴っている。すっかり冷えきった炬燵から立ち上ると、丹前の衿を直しながら玄関に立った。

格子戸をあけると、若々しい縞柄のオーバーを着た加茂が、面映ゆげな眼をして立っていた。

「なんだ、お前か」

かれは、呆気にとられて加茂の顔をみつめた。

「なにか用か？」

加茂の眼に、落着きのないはにかんだ色が浮んだ。

「百合子さん、いらっしゃいますか」

「百合子？　風邪で寝ているが……」

加茂の顔に、安堵と気づかわしげな色がまじり合って浮んだ。

「待合せ場所で待っていたんですが、来ないものですから……。それに、昨夜、ひどい咳をしていたので、来てみたんです」

「昨夜、一緒だったのか」

加茂は、悪びれずにうなずいた。

当然といえば当然すぎることだったが、加茂と百合子の関係を現実のものとして見せつけられることは、倹四郎にとって不安であった。

「見舞わせていただけませんか」

倹四郎は、一瞬、顔をこわばらせた。今までに見せたことのない無遠慮な加茂の表情だった。

かれは、顔をしかめて敷台にもどり、

「二階にいる。勝手に見舞ってやれ」

と、言い捨てると、居間に入った。

「加茂さんですね」

階段を遠慮がちに上ってゆく足音に耳をかたむけていた妻が言った。

「お前、加茂とのことを知っているのか」

「百合子からきいてます」

背筋が凍りつくような不安が、かれをおそった。百合子は、どんなことを登喜子に話しているのだろう。

「加茂のことをどう言っているんだ」

「別に……。医学生さんですってね」

倹四郎は、妻の表情を探った。

「結婚する気でいるのか」

登喜子の表情がやわらいだ。

「加茂さんはそんな気らしいんですが、百合子の方は、ただのおつき合いらしいんです。あんな子ですから、高望みしているようです」

倹四郎は、妻の顔から眼をそらせた。不安は、消えていた。

かれは、顔をあげた。階段をあわただしく下りてくる足音がした。

「光岡さん」

襖の外で、加茂のひきつれた声がした。

「百合子さんが、変なんです」

寝ていた妻が、ふとんの上に起き直った。

かれは、立ち上ると、襖をあけた。血の気のない顔をした加茂が廊下に立っていた。

倹四郎は、階段を上った。百合子の部屋の襖は、加茂がとび出して来たまま半開きにひらいている。

廊下から中をのぞくと、薄暗い部屋の中に、ほの白く百合子の寝顔が浮き出ている。百合子は、口を半開きにして仰向いて荒い呼吸をしている。唇がすっかり粉をふいたように乾き、眼は閉じられていた。

医師を呼ぶために、加茂が家を出て行った。倹四郎は、廊下に立ったまま百合子の仰臥した顔をながめていた。血の気の失せた百合子の鼻孔は、荒い息のために少しひろがっていて、躰全体で喘いでいる。

荒い唖れた息を後方にきき、廊下をふり返ると、階段の上部の手すりをふるえる手でつかんでこちらを凝視している登喜子の顔がみえた。くぼんだ眼窩の奥で、瞳だけが異様な光をたたえていた。

かれは、近づくと妻の肩を抱いて階段をゆっくりとおりた。

医師が、加茂に連れられてやって来た。倹四郎は、動悸の激しくする妻の体をふとんの上に横たえ、再び階段を上った。丁度、医師が、大きな注射器を形良く伸びた百合子の腿に打っているところだった。

百合子の体は、その刺戟にも反応しないらしく、荒い息をつづけているだけだった。鮮やかな血が、針の根もとから液の中にただよい出た。

「風邪じゃないのかね」

倹四郎は、敷居の所に立ったまま言った。

「冗談じゃありません、急性肺炎です。なぜもっと早くみせなかったんです。遅すぎましたよ」

注射器を押しながら、医師は、腹立たしそうに言った。

医師の顔をこわばった顔でみつめていた加茂の眼が、倹四郎に向けられた。その眼には、非難の色が凝集した悲しみになって光っていた。

倹四郎は、落着きを失って階段を下りると、気ぬけしたように炬燵に足を入れた。死体を毎日扱っていながら、亡母の死以外、人の死を眼にしたことは一度もなかった。胸を喘がせている百合子の体が、死体になることが実感にならない。死が、それほど容易に生きている体に訪れるものとは思えなかった。

かれは、炬燵に身をかがめながら、しきりに眼をしばたたかせた。死体収容室の水槽に重なり合っているハトロン紙のような色をした死体の群れが、時々かれの眼の前に浮んだ。

夜が深まって、いったん帰った医師が、また二階へ上って行った。

眼を光らせた加茂が階段を下りてきた。

「呼吸があやしくなりました」

その声を、倹四郎は放心した眼できいた。炬燵から身をはなすと登喜子を起し、羽織を着せかけ、肩を支えて階段を上った。

百合子の体は、最後のはかない抵抗をつづけていた。息の絶える時があると思うと、また息が吸われた。それが一息ずつ間遠になった。

登喜子は、身を乗り出して半開きになった百合子の眼を深々とのぞいている。息がとだえた。長い静寂だった。また百合子が息を吸った。咽喉の骨が、小刻みに動いた。

百合子の瞼をひらいて、医師が瞳孔をのぞきこんだ。その手が、瞼を閉じさせた。それまで身じろぎもしなかった登喜子が、荒々しく百合子の顔をゆすりはじめた。加茂が、声変りした少年のような声を出して嗚咽《おえつ》した。

倹四郎は、虚脱した表情で居間にもどると、火の乏しくなった炬燵に身をかがめた。少しまどろんで眼をあけると、天窓から朝の淡い陽が部屋の中に流れこんでいた。かれは、寒さに身をふるわせ、丹前を肩に掛け直して部屋を出た。加茂は、徹夜したらしく、勝手元で七輪に炭を起していた。倹四郎は身をかがめて二階へ上って行った。

百合子の枕もとに、登喜子が一人坐り、机の上には線香の煙が立ちのぼっていた。

「可哀想なことをしたな」

かれは言った。

百合子に部屋に入ることを拒否されたとは言え、手遅れにしてしまったことは自分の責任だと思った。

登喜子は、涙を流しつづけたため顔中がむくんでみえたが、諦めの色も浮んでいて、

「明後日は、友引ですから、今晩、通夜をして明日骨を焼いてやって下さい」

と、穏やかな口調で言った。

かれは、うなずきながら、鼻梁を持ち上げている百合子の顔の白布を取った。初めて身近に見る百合子の顔だった。脱脂綿を口いっぱいにくわえたその顔は、死後すぐに持ちこまれて来るかれのよく見慣れた死者の顔であった。かれは、拍子抜けがした。百合子の死も例外ではなく、何の変哲もない死体に変ってしまっている。かれは、百合子の顔をみつめていた。

自分の胸に或る思いつきが、淡い魚影のようにかすめ過ぎるのを感じた。かれは、ぎくりとし、そして、思わず苦笑した。顔に羞恥の色がのぼった。唐突でもあり、滑稽でもあると思った。

かれは、うろたえ気味に白布をかぶせ、その翳をふり捨てるように部屋の中を見まわした。かれの顔からは、いつの間にか血の色が引き、膝頭に置いた手がふるえはじめていた。

かれは、その翳が次第に濃いものになって胸の底にひろがってゆくことに困惑し、立ち上ると部屋を出た。しきりに自分の考えを抑えこもうとしたが、それをはねかえし、奔流のような勢いでふき上げてくるものがある。

階段の中途で、足がとまった。かれの眼が熱をおびて輝きはじめた。六十年の生涯で、

今が最も貴重な一刻なのだ、と、かれの背中をどやしつけるものがある。

　かれは、階段をもどって部屋をのぞき、引返すと、ふるえる足取りで階段を駈け降りた。簞笥から印鑑をとり出した。それを懐に玄関を出ると、坂を小走りに下って行った。

　区役所の民生課で、かれは、娘の死体を自分の勤めている大学宛に寄附する手続きを取った。正式に百合子を養女として入籍させているかれの申し出《いで》は、妥当なものと認められた。

　かれは、民生課で、埋・火葬許可書を交付してもらうと、タクシーで家に引返した。二階へ駈け上ると、妻に、

「今、病院から自動車が迎えにくる」

と、はずんだ声で言い、廊下を落着きなく歩きはじめた。

　焼骨してしまえば、灰になってしまう。死体にとって、それは一種の不幸なのだ。雲母に似た透明な腰骨、氷柱《つらら》状の細々と透けて輝く指骨。百合子の骨格を、美しい状態で半永久的にこの世に残すのだ。倹四郎の瞼の裏には、ギヤマンのように透けた百合子の骨格が、幻のように浮び上っていた。

　妻は、いぶかしそうに夫の顔を見上げている。

「病院？」

　部屋の隅に坐っている加茂が、かれの顔を見上げた。

その声に、倹四郎は、加茂の存在に気づいて視線を向けた。思いまどった複雑な眼の色であったが、思いついて、

「ちょっと来てみろ、見せてやりたいものがある」

と言うと、部屋を出た。

うながされて、加茂が腰を上げた。

廊下の外までくると、倹四郎はふところから鍵をとり出し、ふるえる手で小部屋の扉をあけた。

「見ろ、これを」

倹四郎は、机の上からガーゼにつつまれたものを取り上げ、加茂の眼の前で開いてみせた。

「どうだ、おれの作った標本なんだ」

かれは、眼を光らせ、骨の透明度を電光にかざしてうわずった声で言った。

加茂は、身じろぎもせず艶やかに光る兎の頭骨を凝視している。

「焼骨すれば、骨は灰になって消えてしまう。おれは、娘の骨を透明にしてこの世に残してやる。美しい骨に仕上げてやるんだ」

かれは、感動を抑えきれずに言った。

加茂が、かれの顔を見上げた。

「百合子さんを？」

倹四郎は、骨から視線をはなした。

「反対か？」

眼が凝固して、するどく加茂の眼にそそがれた。

「おれは百合子の親なのだ。美しい骨に仕上げて残してやるのだ」

かれは、加茂の眼を直視しながら、強い語気で言った。

ベルが、階下で鳴った。

かれは、兎骨を放り出すと、体を痙攣させている加茂の背を押して階段を下りた。加茂に、妻の所へ行かれるのはまずかった。妻には、自分の気持が理解されない不安がある。加茂の存在がわずらわしかった。

「お前は外に出ているんだ」

倹四郎は、きつい語気で言い、たたきに下りると格子戸をあけた。白衣をつけた二人の作業員が、棺の前後を持って立っていた。

「ごくろうさん」

倹四郎が言った。

「二階だ」

かれは、二人を招き入れた。

加茂は、靴をはいたまたたきに立って棺が運びこまれるのをみている。顔が白けている。

荒けずりの粗末な棺が、階段を上ってゆく。その後から、倹四郎はついて上った。

「さ、お迎えの方たちだ」

かれは、部屋の襖をはずしながら屈託のない口調で妻に言った。

うつろな眼をした登喜子が、二人の男たちに黙ったまま頭を下げた。

ふとんが取りのぞかれ、合掌の形に手を組まされた百合子の体が、敷布ごとつつまれて棺の中に入れられた。二人の男は、互いに声をかわし合い棺の前後を注意しながら、せまい階段を降りて行った。

「百合子をしあわせにしてやるのだからな」

かれは、襖をあわただしく立て直しながら妻に声をかけた。

その言葉の意味のわからぬ登喜子は、ぼんやりした顔をかれに向けてうなずいていた。

空になったふとんのかたわらで一人坐っている登喜子の姿を一瞥《いちべつ》した倹四郎は、階段を駈け下り、下駄を突っかけると石段を上った。節だらけの棺が、黒塗りの自動車の後ろ扉から押しこまれているところだった。

倹四郎の眼に、石垣塀のわきにたたずんでいる加茂の姿が映った。

「おい、乗るか」

加茂は、石垣塀に背をはりつけて身動きもしない。

倹四郎は、苦笑しながら裾をはしょると、後ろ扉から車の中に入り、扉を思いきり強く引いて閉めた。

自動車が、動き出した。瞬きもせずに立ちつくしている加茂の姿が、少しずつ後ずさりしはじめた。

馬鹿なやつだ、とかれは窓ガラスに視線を向けながら胸の中でつぶやいた。四十年もメスをふるいつづけてきた自分でさえも初めてつかむことができた貴重な機会なのだ。あと何十年とやってみたところで、骨標本作りにはこんな機会はやってくることはない。

坂を、自動車が下りはじめた。百合子の体が傾いて動いたらしく、板に頭部の重くあたる音がした。

倹四郎は、窓わくをつかんで斜めになった自分の体の安定を保ちながら、もう一方の手で蓋をずらして薄暗い棺の中をのぞきこんだ。

窓ガラスからさしこむ冬の日射しをうけたかれの横顔には、魚籃《びく》の中の魚をのぞく釣人の表情に似た色がうかんでいた。

電気機関車

一

母は、昨年暮れに生れた美恵に乳をふくませながら、

「早く帰って来て下さいよ。一郎は脾弱《ひよわ》なんですから、疲れると明日の朝、また寝坊しますからね」

と、不機嫌そうに顔をしかめて父に言った。

ぼくは、身をすくませて、洋ダンスから出した外出着を黙ったまま身につけていた。

朝になって、父は、急にスポーツランドに連れて行ってやろう、と言った。

実際の母は、ぼくを生むとすぐに病死して、父と女中との三人きりでこの家で過してきた。父が勤めに出た後、夜遅く帰る父を女中と待つ生活は淋しいものだったが、埋め合わせのように、休日になるときまって父がぼくを外へ連れて行ってくれることが、どれほど気分を和らげてくれたか。そして、夕方、帰宅すると、女中の沸しておいてくれた風呂に

父と入って、水をかけ合ったりしてはしゃぎつづけたものだった。

しかし、新しい今の母が来てから、父は、別人のようによそよそしくなって、一定の距離を保ち、困惑と憐憫の入りまじった妙な眼をして、時折りぼくをながめているだけになった。そうした傾向は、ことに美恵が生れてから顕著になって、むろん、ぼくを連れて外出することは皆無になった。神経質な母に、父は必要以上に気兼ねしているのだ。

玄関を出ると、そうそうに父の車に乗りこんだ。車といっても中古車で、半年ほど前に買い入れた父の通勤用の車だった。

父は、黙ってエンジンをかけた。

母が庭に面した部屋に立って、こちらを険しい眼をして見つめているのがひんやりと意識された。

車が動き出すと、体の筋肉が急にほぐれて、解放感が四肢のはしばしまで満ちるのをおぼえた。母と顔を突き合わせて過さなければならない日曜日の息苦しさから脱け出られるだけでも満足だった。

車は、住宅街をぬけて街道に出た。初夏の郊外地へドライブする色さまざまな車が絶えることなくつづいて行き、ぼくの乗っている車は、それらの流れに逆行して上流へのぼる小魚のように都心の方向にむかってひた走った。

繁華な町なかに入ると、急に空が翳《かげ》った。

やがて、ガラス窓に大粒の雨があたりはじめると、またたく間に激しい降りになって、窓の外を雨沫で白く煙らせた。

車は、ワイパーをせわしく動かして走りつづける。雨水の流れるガラス窓から見える道路ぞいの商店の色彩は一様ににじんで、水族館の水槽の中のように見えた。

信号を数え切れぬほど通り過ぎてから、都電の通りを曲ると、車は両側に石垣のつづいた坂を登りはじめた。そして、大きな樹の繁りのせり出した石塀のかたわらに停止した。

父は窓ガラスの曇りを拭き、しばらく外をうかがっていたが、雨が勢いを弱めたのを見るとドアをあけ、ぼくをうながしてすぐ脇の路地の中に駈け込んだ。また、雨が激しく音を立てて落ちてきた。ぼくたちは、軒の下に入り込んだ。

そこは灰色のアパートの一部で、眼の前にコンクリート造りの階段が上へ伸びていた。その階段を父が上りはじめたことに驚いたが、父の足取りにためらいのない物慣れたものを感じたので、父の後にしたがった。

父は、階段を上りきると、右手にある薄手のドアを無造作にノックした。すぐにドアが開いて、頭を半透明の淡い紫色の布でつつんだ若い女の人が顔をのぞかせた。

「あら、濡れたでしょう」

女の人は、細い眉を寄せた。ひどく親しみのこもった言葉遣いで、父の後ろにいるぼくに気づくと、

「連れて来たのね」

　と、華やいだ笑い顔をこちらに向けた。

「さ、入りな」

　父は、ぼくをうながした。

　女の人が、すぐにしゃがんで、ぼくが靴をぬぐのに手を添えてくれた。指の長い爪には、朱の色がつややかに塗られていた。

「今日は」

　女の人がぼくの肩に手を置いて、微笑しながら見つめた。

「今日は」

　ぼくは、ぎごちなく答えながらも、きれいな女の人の顔と花粉のような甘いいい匂いに顔が熱くなるのを感じていた。

「雨の中をよく来てくれたわね、一郎さん」

　女の人は、ぼくの肩を抱いて部屋の中へ入れてくれた。

　初めて会った女の人が、ぼくの名を知っているのを不思議に思いながら、部屋の中を見まわした。部屋は二部屋あって、カーテンも家具も真新しく、その一つ一つが華やいだものに見えた。

　父は、女の人から受け取ったタオルで雨に濡れた背広の肩を拭くと、そこが自分の定められた席ででもあるかのように、テーブルのそばの座椅子のおいてある派手な座ぶとんに腰を下ろした。

父は、無遠慮なほどひどく落着いていて、なぜか知らぬが少し不機嫌そうな表情をしていた。

女の人は、薬罐をガス台にかけると、父に、

「ちょっと待っていてね。一郎さんの好きそうなものを買ってきますから……」

と、言った。

「いいよ、そんなもの」

父が顔をしかめたが、女の人は、花模様のついた傘を手にすると、ドアの外に出て行った。

窓の外を見ていると、やがて緑の葉の茂りにおおわれた路地に花模様の傘が見えかくれして近づき、眼の下に吸い込まれた。階段にかすかな足音がして、ドアが開いた。

「すごい降りだわ」

女の人は明るい声で言うと、湯気を立てはじめた薬罐の湯を小さなポットに移し、茶をいれた。

「一郎さん、こちらにいらっしゃい」

ぼくは、女の人にうながされてテーブルのかたわらに坐った。女の人が、座布団をすす

めてくれた。ぼくの前には、カルピスと詰め合わせのチョコレートのケースが置かれた。

「たくさん食べてね」

女の人は、眼に優しい光をたたえて言った。

その視線がばかに眩ゆく、ぼくは眼をそらせてチョコレートに手を出した。

女の人は、満足そうに微笑すると、鏡台の前に坐って化粧をはじめた。鏡の中に映っている顔が急に生真面目な表情になった。

ぼくは、遠慮がちに口を動かしながら、趣向をこらした形の化粧瓶や壺の並ぶ化粧台の方に視線を走らせていた。

「日曜日なのによく出てこられたわね」

女の人が、鏡の中をのぞき込みながら言った。

「苦心の末さ」

父は、煙草をすっていた。

女の人は父よりかなり若そうなのに、対等な口のきき方をしていることが奇妙に感じられた。

「どこかへ行くつもりなの？」

女の人が、鏡台の前をはなれた。色素の薄かった顔が、いつの間にか彩られて、睫毛《まつげ》に黒く光る塗料のようなものが切れ長の眼をみずみずしく見せていた。

「スポーツランドへ連れて行く、といって出て来たのさ」

「あら、面白いじゃないの。私も行きたいわ。久し振りだし、一郎さんと一緒に遊びたいわ」

「しかし……」

「どうしたの？　困るんでしょ。人の眼が多いから……」

「そんなことはないさ」

「うそ。会社の人にでも見つかって奥さんに知られることがこわいんだわ。お父さんて臆病ね」

　女は、きらきら光る眼で同意を求めるようにぼくの顔をのぞき込んだ。

　父は、黙って茶をのんでいた。

「雨があがったらしいわ」

　女が立って、明るく日の射しはじめたガラス戸をあけた。

　広大な邸の庭が見えて、日光に濡れ光った樹々の緑が冴えざえと眼に浸み入ってきた。

「すぐ行くんでしょ」

　女が振返ると、父は、

「ああ」

　と、気抜けした口調で言った。

女は、ガラス戸の鍵をしめると隣室に入って着換えをし、大柄な白いハンドバッグを手にしてドアの外に出た。

ぼくは、階段を下りると、雨あがりの冷えびえした路地を先に歩いて行った。

「約束の額は持って来られなかった。また、四、五日したら持って来るから……」

「いいの？　じゃ、頂いとくわ」

低い二人の会話が背後でした。

ハンドバッグの止め金の開閉する音がしたが、なんとなく振返ってはいけない気がして身を硬くして歩きつづけた。

路地を出ると、父の車が濡れた車体を光らせているのが見えた。緑色の紋様のある昆虫のように、車体には樹の繁りが緻密な影になって落ちていた。

女の人は、ぼくと並んで後ろのシートに腰を下ろした。いい香りが体をつつみこんだ。

ガラス窓の曇りをぬぐうと、父はハンドルをにぎった。車は、雨で洗い流された石畳の急坂を下り、明るい舗装路に出た。

開いたガラス窓から流れ込んでくる空気には、清々しい水気がふくまれていた。

「病院へは行ったのか」

父が、前方を見ながら言った。

女は、窓の外に顔をそらせた。

「行かなかったんだな」

父が、バックミラーの中をうかがった。

「そんな話、一郎ちゃんがいるのにおよしなさいよ」

女の声は、きつかった。眉が不機嫌そうに寄っている。

父は、それきり黙った。ぼくは、二人の異様な気配に、車の中にいることが悪い気がしきりにした。

女が、急に気づいてハンドバッグをあけると、中からチューインガムを出してぼくに渡してくれ、腕環をはめた白い腕をのぼすと、肩越しに父にも渡した。父がチューインガムを口に入れるのを見るのは、初めてのことであった。

二

スポーツランドには、人があふれていた。胸にリボンをつけたりした団体客もいたが、大部分が子供連れの家族たちであった。

ぼくは、父から渡された回数券でそれぞれ趣向の異なった乗物に乗ったものの、父と女の人のことが気にかかって少しも楽しくなかった。他の子供たちには、相好をくずして手を振ってくれる家族がいたりカメラのレンズを向けてくれる父親がいたりして、ぼくは孤独だった。

父と女の人は、なにか真剣な表情で言葉をかわし合っている。父の顔はゆがみ、女の人は時折り拗《す》ねたように顔をそむけたりしていた。

ぼくは、乗物の動揺に身をゆだねながら、気分が沈んでゆくのを感じていた。周囲の光景が無性に明るいだけに、気持が萎えて、このまま人混みにまぎれて父と女の人の視野から消えてしまいたい気持さえしていた。

軽自動車に乗って、囲いの外に吐き出されると、父と女の人が近づいてきた。

三人で、観覧車の箱に乗ることになった。ぼくは、下ってきた鉄製の箱の隅に身をすくめて坐った。

女の人の顔色は青ざめ、眼が血走っている。父の眼は絶えずあたりに配られ、落着きのない光をたたえていた。

巨大なパラソルの骨に似た銀色の鉄骨が、幾何学模様を描きながらゆるやかに動いて、塗料の塗られた箱が徐々に上方に昇ってゆく。

「だから、あなたに迷惑はかけないというのよ」

それまでかたく口をつぐんでいた女の人が、早口でいった。口もとが泣きかけているようにゆがんでいる。

父は、ぼくのいることに遠慮しているらしく、しばらく眉をしかめて黙っていたが、

「そんなことをいっているんじゃない。まだ早いといっているんだ」

と、弱々しい声で言った。

「わかっているわよ。女房が死んでくれたらなんて、殺し文句のつもり？　卑怯よ、あなたって――。奥さんが死ぬまで待てというの」

「おい」

父が、あわてて女の人を制した。

「私、生むわ、今度こそ生むわ。あなた、奥さんと離婚すると私に約束したんだから、私にも生む権利があるんだわ。もしも、約束を破るなら子供を背負ってあなたの家に坐り込むわよ」

女の声は、甲高く語尾がふるえていた。

ぼくは、背筋が凍りつくのを感じた。父の反応が恐しかった。が、父は、意外にも反撥する気配はみせず、気まずそうに口を閉ざしているだけであった。

箱の中に坐っているのが息苦しく、父と女の人の沈黙を全身で感じながら、初夏の陽光の燦々《さんさん》と降り注ぐ東京の街々に視線を向けていた。

観覧車を下りると、女の人が、ぼくの手をにぎり、

「なにに乗る？」

と、言った。微笑はしているが、顔がこわばっていて、眼に光るものが湧いていた。

ぼくは、狼狽してなにかに乗らなければ女の人に悪い気がしたが、首は自然に横に振ら

れていた。

「無理もないわよね。パパと私がケンカしているんですもの、つまらないわよね」

女は、うるんだ声で言った。

ぼくは、唇をかんだ。女の人の言葉のひびきが、温かく胸に浸み入ってきた。

ぼくたちは、黙ったまま歩き出し、いつの間にかスポーツランドの出口から外へ出た。

舗装路には、車があわただしく疾走していた。

交叉点の所へ来た。信号は青だったが、車は停止線の所にかなりたまっていて、今にも赤に変りそうな予感があった。

ぼくは、父の手にひかれて横断歩道を駈けた。渡り切らぬうちに信号が変り、一斉に反対側の車の壁が崩れはじめた。

ぼくたちが歩道のへりに駈け上った時、突然、背後で鋭いブレーキの金属音を耳にした。反射的に振返った眼に、横すべりに停車する大型車がとらえられた。

警官が、舗装路の上を駈けてくる。自動車の流れがとまった。警官が、ある個所に駈け寄った。ぼくは、思わず口をあけた。都電のレールのふちに仰向いた人の体が見え、近くに白い色のハンドバッグが投げ出されている。父が急に駈け出すのを眼にして、ぼくも車道にとび出し、父の後を追った。

「近寄るな、危ないから歩道へ上れ」

血走った眼をした警官が集ってくる人々を、手で追っている。父の体も突きとばされた。

ぼくは、半ば逃げ腰になりながらも、仰向いた女の人の顔に視線を投げた。口と鼻から、ひどく濃厚な赤い液体が、呼吸でもするかのように規則的に噴き出ていた。そして、大きく露出した眼球が目尻のふちから飛び出しているのも眼に映った。

父が歩道にもどるのをみて、ぼくもその後にしたがった。

父の顔は、血の気も失せて唇が白く乾いていた。

サイレンの音がして、救急車が交叉点に停車した。そして、女の人の体を後方の扉から押し込むと、再びサイレンの音をひびかせてゆるやかな坂を登って行った。

車の列が動きはじめるのを、ぼくは放心してながめていた。交通係の警官の笛が、あわただしく鳴っている。

父の体も、その場に釘づけになって身じろぎもしない。

ぼくは、急に寒気をおぼえ、同時に体がふるえてきて立っていることができなくなった。歯が音を立てて鳴るのを抑えながら、歩道にしゃがみ、かすんだ眼を前方に伸ばした。

そこには、色とりどりの華やかな遊戯具が、あるものは目まぐるしくあるものは悠長に、思い思いの線を描いて回転したり上下したりしている。その動きを見つめながら、頭の中で炭酸水の気泡が無数に湧くような音が一斉にしているのを意識していた。

三

自動車のドア鍵をあける父の指先は、小刻みにふるえていた。シートに腰を下ろした父は長い間、身動きもしなかった。

なぜ、父は、女の人が運び去られるのをそのまま見過したのだろうか。血を流していた女の人は、恐らく即死したにちがいない。父の取った態度が理解しかねた。

父は、煙草を取り出すとライターに火をともした。父は、どうしようかと思いまどっているのだ、とぼくは思った。

父の顔色は青く、煙草をひどくせわしなくすっていた。

やがて、父は、エンジンをかけると、車をUターンさせた。車はスピードを増した。父のハンドルの扱い方には落着きが失われていた。

街々を通り過ぎ都心をはなれると、見おぼえのある家並の中に入った。圭一叔父の家のある一郭だった。

ぼくたちは、車を降りた。庭で叔父が、張られたネットを前にゴルフのクラブを振っていた。

父が、庭に入って叔父になにか言うと、二人は前後して二階へ上って行った。

同じ年のいとこが奥から出て来て、ぼくを自分の部屋に入れると、電気で動く機関車を見せてくれた。買ってもらったばかりらしく、いとこは誇らしげだった。たしかに自慢する価値は十分にあって、楕円状の長いレールの途中にポイントが四ヵ所もあって、信号機や踏切が自動的に動く素晴しいやつだった。

いとこが電流を流すと、軽いモーターの音がして二輛の客車を牽引した電気機関車が、レールを踏み鳴らしながら動きはじめた。踏切では警報器が鳴り、信号機が点滅する。いとこは、これから月々、駅やトンネルや鉄橋を一つずつ買い増してゆくのだ、と眼を輝かせて言った。

ぼくは、仰向いていた女の人の姿が頭の中を占めていて、ただ惰性のようにいとこの説明に相槌を打っていた。

叔父の声がして、部屋を出た。叔父が手招きした。ぼくは、叔父の後から階段を上った。

父は、庭を見下ろす広縁の籐椅子に背をもたせかけていた。顔に少し生色がもどっていて、ぼくを妙に気恥しそうな眼で迎えると、少し微笑してみせた。

「一郎も、見たんだろう」

叔父が、父の顔を見た。

「この子は、大丈夫なんだ」

父は、ぼくの方を見た。その眼には媚びるような微笑が浮んでいた。

「一郎」

叔父が言った。

「今日のことは、誰にも言ってはいけないよ」

叔父がぼくの肩に手を置き、顔をのぞき込んだ。その眼には、今まで叔父の見せたことのないきつい光が浮んでいた。

ぼくは、気押されたようにうなずいた。

叔父の顔に、また微笑がもどり、父に硬い表情を向けると、

「兄さんも持て余していたんだから、災難とは言えないかも知れないな。むごいようだけど、かえっていい引きぎわになったとも言えそうだな。姉さんにも分らずじまいだったし……」

叔父は、あっさり言った。

父の顔に、曖昧な苦笑がかすかに湧いた。父は、指先をいじりながら庭の方に顔を向けている。

「ともかく後始末は、おれが慎重にやってやるよ。知り合いの者だといって、香典ぐらいはとどけておかなくちゃならないだろう。いい役目じゃないが、こういう機会に兄貴に貸しを作っておけば、今度おれがなにかした時には大威張りで頼めるからな」

叔父は、半ばおどけて言った。

叔母が、ビールを盆に載せて上ってきた。

「夕食を召し上って行って下さいよ」

叔母のすすめを、父は辞退した。

「日曜日の夜ぐらい家で食事をしないと、女房のやつ、うるさいからな」

父は、いつの間にか平生の顔色にもどっていた。


車に乗って帰途についたのは、夕色がようやく濃くなりかけた頃であった。

「階下でなにをして遊んでいたんだ」

父の声は、ひどく優しかった。

「電池で動く機関車で遊んでいたの」

ぼくは答えた。

「買ってやろうか」

父が、声をあげた。

ぼくは、すぐには返事ができなかったが、

「欲しくない」

と、自分でも思いがけないほどはっきりした口調で言った。なぜか熱いものが胸に湧いてきて、きつく唇をかみしめた。女の人のぼくに向けられていた温かい悲しみをたたえた眼の光がしきりに浮んできていた。

「いいよ、いいよ、買ってやるよ」

父は、少しうろたえたようにぼくの顔色をうかがい、繁華街の方に徐行しながら車を進ませた。

大きな駅の近くにくると、父は車をとめ、かたわらの玩具店に入って行った。ぼくは、暮れてゆく空を背景に光を増しはじめているビール会社のネオンの点滅を、うつろな眼で見上げていた。

ガラス窓に父の姿が見えて、大きな包みがさし込まれた。ぼくは膝の上にその包みの重さをぼんやりと感じた。

父は、黙って車をスタートさせた。ネオン塔の光が、車窓を身をねじるようにして後退してゆく。ビールの泡が盛り上ると、それが一斉にふきこぼれた。

家につくと、すっかり夜の色になっていた。

ぼくのかかえた包みを見ると、母は、露骨に顔をしかめた。美恵がまた乳房を慕っているのか、畳の上で顔を充血させて泣いている。

「こんな高価なものを買ってやる必要はないじゃありませんか、家計のことも考えて下さいよ」

包みをひろげた母は、背広をぬいでいる父に荒々しく言った。そして、部屋の隅に立っているぼくの顔をきつく睨《にら》むと、

「一郎、ねだったりしちゃだめじゃないの」

と、甲高い声で言った。

反射的に、ぼくは母に反撥したくなった。が、ふと気づいてネクタイをときかけている父の顔に視線を走らせた。

父は、上気した顔でぼくの顔を見つめていた。ひどく弱々しい眼の色であった。

ぼくは、唇をかみしめた。

「あなたって、いつも一郎の言いなりになるんだから」

母は、父に投げつけるように言うと、勝手元の方へスリッパを鳴らして入って行った。

父は、ハンガーに自分の衣服を黙々と掛けていた。

背中の鉄道

みごもった妻は、医師のすすめで歯の治療に通いカルシュウム剤をのんでいる。腹部で動きはじめた胎児に、自分の体の石灰質を吸収されることが不安でならないらしい。

「肉屋で牛か豚の骨を買ってこいよ。それを粉にしてのんでみるといいぞ」

私は、笑いながらも半ば真剣に言った。

十二年前、肺の空洞をつぶす手術を受けた私は、背部をメスで切り開かれ、五本の肋骨を障子の桟でもはずすように取りのぞかれた。そして、その後一ヵ月ほどの間、灰色の骨粉を多量にのまされたのだ。

骨粉は、獣骨の粉だということだったから犬か豚か牛か、いずれにしてもそうした類いの動物の骨だったことにまちがいはない。

——つまり蟹《かに》のハサミと同じでね。石灰分さえ補給すれば、少しずつ再生して一年後ぐらいにはつながるものだよ。

外科医のそうした説明にうなずきながら、私は、白墨のような粉っぽい味をしたその骨粉をのみつづけた。

それから一年……、私は、その骨粉の効果を探るために、へこんだ左の背部に手を廻して指先で皮膚をおずおずとさわった。

肉づきもすっかり薄くなっていたので、骨のある部分とない部分との差はあきらかだった。そのハンモックのようにへこんだ骨のない部分はふにゃりとしていて、私には、それが皮膚の下に直接納まっている肺臓の柔かさに思えてならなかった。

しかし、月を経るにしたがって、その柔かい部分も徐々にせばまっていった。

私は、鉄橋の架設工事を連想した。川の両岸からタラバ蟹の脚に似た鉄骨が、一節ずつのびてゆく光景――。私の肋骨の橋も骨粉のおかげで少しずつ再生して、ほぼ一年後には完全につながってくれたのだ。

「終戦後間もない頃だから、そんな原始的なものをのまされたんでしょう。第一、気味が悪いわ」

と、妻は、眉をしかめる。おそらく妻は、生理的な嫌悪と同時に、胎内の子供の骨格を牛や豚などの骨で作り上げることに反撥を感じているのだろう。

妻は、二度目の妊娠で、初めの出産の折は歯のことなどほとんど関心も払わなかったらしいが、昨年の春、信号無視の乗用車にはねられて前歯を二本折ってから、必要以上に歯のことを気にする。

折れた前歯は義歯にしてあるが、玉蜀黍《とうもろこし》の色変りの粒のように、その義歯だけが青ずんだ光沢をおびている。今度の妊娠でも、妻をおびえさせているのはこれ以上義歯を歯列の中に加えさせたくないことなのだ。

妻は、几帳面に歯の治療に通っていた。歯科医は女医で、妻は、長話をして帰りがおそくなることもあった。

ある雨の日、歯科医院からもどってきた妻が、

「歯医者さんの所で、あなたの好きそうなものを見ちゃった」

と、悪戯《いたずら》っぽい眼を光らせた。

「なんだ」

机にむかったまま、私は、言った。

「鯛が骨だけで泳いでいるのよ」

私は思わず振返り、妻の顔を見つめた。そこには、私の反応を十分に予期していたらしい妻の笑いをふくんだ表情があった。

「嘘じゃないの、ほんとよ。グラフ雑誌の写真の中で泳いでいたわ。残酷な感じがしたけど、きれいだった。名人気質《かたぎ》の料理人が、骨だけで泳がせる技術を持っているんですっ

て」

「ほんとか」

私は、念を押した。

妻が、うなずいた。

私は、妻の濡れた傘を手にすると、アパートの外に出た。雨の中を小走りに舗装路を進み、車の往き交う街道を突っ切り、歯科医院のドアを押した。

私は患者を装って待合室に上ると、妻に教えられたグラフ雑誌を手にとった。せわしくページをくっていった私は、ある個所に視線を据えた。

ガラス張りの水槽の中に、脇腹の肉を両側から大きくそぎ落された大柄な鯛が二尾泳いでいて、その脇腹の部分には、はっきりと骨が何本も透けてみえている。骨だけで泳いでいるという妻の表現も決して誇張ではないほど、肉は骨ぎりぎりまでそぎ落されている。正面からの写真も載せられているが、頭部だけが水中で泳いでいるような奇妙な形に見えた。

「ほんとでしょ。骨が泳いでいたでしょ」

歯科医院からアパートにもどると、妻が私の眼をのぞきこんだ。

私は、黙ったまま机の前に腰を下ろした。写真の説明書きによると生きづくりの一種だということだが、今まで私の眼にしてきたその種のものは、大きな皿の上で口を開け閉じしている魚の姿であった。それらは平凡に料理された刺身やタタキなどより、むしろ死骸といった印象が濃く、口の中にすべり込んでくる魚の肉の舌ざわりにも不快な滑らかさがあった。

しかし、肉を大量に落された鯛は、生きづくりの魚とはちがった生気があふれて見えた。鱗は両腹失われてはいたが、白身の肉を通して透けている骨はみずみずしく、丁度ガラス細工の魚のように光り輝いていた。

私は、窓の外の雨脚を見つめながら透けていた骨、ガラス面の中でこちらを向いて光っていた鯛の二つの眼に、自然と手術後シャーレの中で光っていた自分の肋骨の肌の色を思い起していた。

私の手術は、六時間近くかかった。終戦後間もなくのことで手術中の死亡事故もしばしばで、それに局所麻酔による手術であったので、私は堪えがたい激痛と恐怖におそわれた。ようやく切開された皮膚の縫合も終り半身を起された時、私は、タイル張りの床に置かれたシャーレの中に切断されたばかりの私の肋骨を見た。それは、ひどく艶やかな肌をしていて、血に染まったガーゼと雑居していた。

担送車が、車輪をきしませて手術室の出口の方に動きだし、私は顔を横にして自分の体から取りのぞかれた肉体の一部を見つめつづけた。その骨も私の肉体との別離を惜しんで、私の体をじっと見送っているような錯覚を感じた。

翌朝、私は、骨を返して下さい、と回診にきた若い外科医に喘ぎながら言った。肋骨がはずされたために肺臓に外圧がくわわり、切開された傷の痛みと呼吸の苦しさで私は呻きつづけていた。

外科医は、私の顔をしばらく呆れたように見つめ、薄く笑った。

「ぼくのものなんだから、返して下さいよ」

私が息を整えながらも言うと、外科医の微笑が一層深まった。

「さあ、あるかなあ」

外科医は、首をいたずらっぽくかしげ、

「今ごろは、犬にでも食われているかも知れないよ」

と、可笑《おか》しそうに眼を輝かせた。

しかし、一時間ほどすると、病室に入ってきた外科医は白いガーゼにつつまれたものを私に差し出した。

「たぶんこれだと思うけど、もしかすると、他人のものかも知れんよ」

外科医は、微笑しながらも半ば真剣な表情で言った。

手を動かそうとした私が呻き声をあげたので、外科医が、私の頭の上でガーゼをひらいてみせてくれた。

少し彎曲した平たい骨が、私の眼に映った。

「ぼくの骨です」

私は、ためらうこともなく言った。なぜか分らぬが、私は、それを自分の胸部の中で突っ張っていた肋骨の一本だということを直感的に信じ込んだ。

その骨を、私は、十年近くも持ちつづけた。脱脂綿を敷いたセルロイドの鉛筆箱に入れ、時々出してはフランネルで拭いた。

ガラスの小さな水槽の中に沈めて金魚を放ったこともある。水の中で骨は、いきいきと息づいてみえた。金魚はそこに動物質の匂いをかぎとるのか、朱を一刷《ひとは》け刷いたような柔軟に伸縮する口吻を私の骨の肌に飽きる風もなく突きあてていた。

が、二年前、その骨は、私の眼の前から消えた。ぶらりとやって来た弟が、私が煙草を買いに出たすきに見つけ出して持ち去ってしまったのだ。

「なぜとめなかった」

「いけなかった？」

妻は、可笑しそうに眼を光らせた。

私は、舌打ちし、

「弟のやつ、何て言ってた」

と、きいた。

「兄貴のやつ、こんなものまだ持ってやがる……と言ってたわ」

私は、仕方なく苦笑した。

翌日、私は、公衆電話で弟の会社に電話した。

「返せよ」

私は、言った。

「なにを？」

笑いをふくんだ声がもどってきた。

「とぼけるな。昨夜持ってったろ」

「ああ、あれか」

「返せよ」

「もうないね」

「どうしたんだ」

「捨てちゃったよ」

「うそつけ」

私は、うろたえた。

「兄さん」

弟のたしなめる声が流れてきた。

「いけない趣味だね。あんなもの持ってたってどうなるんだい。病気は、遠くなりにけりだよ。家庭を持つようになれたって言うのに、一人前の男にはそぐわない持ち物だね。おれに見つかったら諦めてもらうんだね。じゃ忙しいから電話をきるよ」

「貴様」

弟が、可笑しそうに受話器をまだ持ちつづけている気配がしている。

「おい、本当に返さないつもりかよ」

私は、仕方ない笑い方をしながら言った。

「ああ、返さないよ。第一、自動車の窓からポイしちゃったんだから返そうにも返せないさ」

「おぼえてろ」

私は、こちらから受話器を置いた。

しかし、私の胸の中には憤りも口惜しさも湧いてはいなかった。弟に見つかったことが不運だったのだという悔いは残されたが、なんとなく私は、骨を持ち去られてしまったことに安らぎに近いものを感じていた。

その後も私は、弟に会っても骨のことには触れず、弟も素知らぬ風を装っていた。ただ何気なく見かわす眼に、時として同時に薄笑いが湧いて、私と弟は無言のまま眼で会話し合っていた。

弟のその眼は、「ざまをみろ」と言っているようでもあり、「お気の毒さまでした」と言っているようにも感じられた。私は、いまいましさと羞恥をおぼえて苦笑する以外になかった。

鯛の骨の映像は、シャーレの中の骨、金魚鉢の中の骨、青いセルロイドの反映をうけて淡く染まった鉛筆箱の中の自分の骨を新たに思い起させた。白身の肉に透けた魚骨と、自分の体から切りはなされた肋骨の記憶とが重なり合った。

私は、机の前に坐りながら自分の執着を愚かしいことだと反芻した。骨は、結局ただの物質にすぎない。自分の肉体の一部であったにしても、分離されてしまえばその機能は失われてしまうのだ。

しかし、透けていた鯛の骨の映像は、眼に焼きついてはなれなくなった。その日も翌日も、私は、腑甲斐ないほど苛立った落着きのない刻《とき》をすごした。

妻は、そんな私を観察するように時折りうかがっていたが、夕方、机の前に寝ころがっている私のかたわらに坐ると、財布を私の胸の上に置いた。

「はい、旅費。あんなこと教えるんじゃなかったわ。しくじっちゃった」

妻は、妙に蓮っ葉な口調で言った。

私は眼を閉じ、寝返りを打った。臨月間近い妻の出産を控えて、そのための物入りも予定されている。物好きな旅のために費される余裕の金などないのだ。

「あなたの病気なんだから、仕様がないわ。早く行って見ていらっしゃい」

妻は、子供にでもいうような口調で言った。

生意気なことを言いやがら、私は胸の中でつぶやいた。私の気持をなにもかも見抜いている妻がいまいましかった。

私は、寝そべりつづけていた。が、しばらくすると妻の殊勝な気持を利用してやろうという気になり、余り気乗りもしない表情を装って列車の時刻表を繰ると、

「今夜発って、明後日の朝にでも帰ってくるか」

と、呟くように言った。

妻は、かすかに苦笑をただよわせながらボストンバッグを出してくると、それに洗面道具などを入れてくれた。

二歳四ヵ月になる長男が居眠りをはじめた頃、私は腰を上げた。

「早く帰って来てね、もう産み月なんだから……」

靴をはいている私に、妻はさすがに心細そうに言った。

私はうなずくと、渡されたボストンバッグを手にアパートを出た。罪の意識に似たものがないでもなかったが、細い路地をぬけ出ると胸の中が立ちさわいで、ボストンバッグを手に駅の方へ足を早めて歩いて行った。

名古屋で夜が明け、列車は、伊勢湾ぞいに南に走った。

私は、車窓から朝露に濡れた田畠や瓦のつらなりをながめながら駅弁を食べた。

手術をしてから十二年、骨に魅せられてわざわざ旅をしている自分が余りにも未練が過ぎるように思える。私の体は、十分健康なのだし病いの痕跡も全くなく、自分でも背中に残っているメスの痕を忘れ去ってしまっている。

私は、幼い長男のことを思い出して思わず頬をゆるめた。メスの痕に最も関心を持っているのは、もしかすると幼い長男なのかも知れない。

十日ほど前、子供を連れて銭湯に行った私は、初めて子供の口からニンゴーゴーという言葉を耳にした。その意味を私は理解しかねていたが、一昨日の夕方テレビに眼を向けていた子供が、突然、画像を指さしながらニンゴーゴー、ニンゴーゴーと繰返し叫んだ。何気なく眼を向けた私は、テレビの画面に新幹線の列車が走る姿を見た。

私は、思わず苦笑をもらした。ニンゴーゴーとはチンゴーゴー、つまり電車のことを表現する言葉なのだ。

その舌足らずな言葉は、銭湯のタイルの上で体を洗っていた私の背後で繰返し発せられていた。私には、それがなんの意味もない幼児のつぶやきに思え、意味を突きとめようという気持も湧いていなかった。

しかし、幼い長男は、その言葉を発しながら妙な動作をくり返していた。初めは私の背中の一部をしきりに掌でこすり、それから細い指頭で、ある一定の部分を上から下へ弧状の線でも引くように動かしている。その部分には、メスで切り開かれた手術の痕が三十センチほどの長さで刻まれている。つまり長男は、弧状の傷痕にレールを連想していたにちがいない。

掌でこすっていたのは、その異様な線が背中から拭い去れるものだと思ったのだろうし、指先で傷痕をたどりつづけたのは指頭を列車にでも見たてていたのだろう。たしかに傷痕は、カーブする線路とよく似ている。切開された背の皮膚は十五カ所縫われていて、その縫合部分が線路の枕木と見えないこともない。

もしかすると、私が鯛の写真に眼をみはって旅に出てきたのも、長男のニンゴーゴーという言葉に誘発されたのかも知れない。

「あなたの病気」と妻は言ったが、妻はおそらく骨そのものに対する私の強い執着心に諦めに似たものを感じているのだろう。

「ニンゴーゴーか」

私は、なんとなくくつろいだ気分でつぶやき、シートの背に頭をもたせかけた。夜行列車に乗っている疲れが急に体に湧いてきて、私は、いつの間にか眠りの中に入り込んでいた。

どのくらいたった頃だろうか、肩をゆすられて眼をあけた。

車掌の顔が近々と見え、

「終点です。鳥羽です」

と、言った。

私は、あわてて腰を上げるとボストンバッグをつかんで列車から降りた。人気のない改札口を通り抜けると、グラフ雑誌から引き写した旅館名を確かめて駅の観光案内所に行った。

女の事務員が出て来て、すぐに私をタクシーの溜りに連れて行った。

車が、海岸ぞいに走り出した。

私は、左側にひろがった明るい風光に眼を向けたが、すぐに見ることに飽いた。青々とした海の色、松を配した島々、ゆるやかに屈曲している海岸線、それらは余りにも整いすぎていて、銭湯のタイルの壁に描かれた絵を連想させた。

私は、車の前方に視線を向けた。私の目的は風光ではなく、鯛の骨を見ることなのだ。

やがて、車が、古びた建物の玄関に横づけにされた。が、内部からは誰も迎えに出てこない。

運転手が何度も奥に声をかけると、ようやく中年の痩せた女中が出て来た。

鯛を見に来たというと、女中は、スリッパをそろえて長い廊下を進み、私を海に面した広間に案内した。季節はずれで客もないらしく、旅館の中はひどく森閑としていた。

縁側の籐椅子にもたれて明るい内海をながめていると、女中が茶を持って入ってきた。

「お泊りでしょうか」

女中はいつの間にか紺色の前掛けをつけていた。

「いや、鯛の料理を見に来ただけなんだ」

私は、無駄な出費をすることもできなかったし、それに、この退屈な風景につつまれた土地に一泊する気持などなかった。

女中が去ると、私はまた一人取残された。内海はほとんど波がなく、近くの浅瀬で土地の女が二人、貝を拾っているのが見える。

私は、長い間待たされた。

三十分ほどしてから、廊下に足音がした。現われたのは二人の若い男で、長方形の大きなガラス槽を広間に運び込んできた。

男たちは、物慣れた仕草でホースを庭の方に伸ばした。水槽に冷たそうな海水をホースで注いで、庭の池に沈められた大きな魚籃《びく》を肩にかつぎ、ガラス槽の水の中に漬けた。

私は、立つと魚籃の中をのぞいてみた。中には、赤黒い鯛が二尾、眼を光らせて落着きなく動いていた。

男たちが去ると、女中が俎板と三梃の庖丁を水槽のかたわらに置いた。

ガラス戸の外には明るい日射しがひろがっていたが、広間は冷えびえとしていて、私は小さな火鉢に身をかがめていた。

廊下との間の襖が開いたので眼を上げると、白い割烹着《かっぽうぎ》をつけた顔色の悪い老人が入ってきた。

老人は、黙ったまま水槽の前に坐ると私に一礼し、魚籃から無造作に鯛をつかみ出して俎板の上にのせた。魚籃を上からのぞき込んだ感じとはかなりちがった大きな鯛だった。

私は、その鯛の大きさと物々しい雰囲気に、急に料金のことが気にかかり出した。グラフ雑誌に載っていた写真には、団体客らしい多くの客たちが水槽のまわりを取り巻いていた。鯛を材料にし、しかも珍しい料理法であるだけに代金も高額なものにちがいない。

私は、見物人の一人として見ればいいだけで、自分一人がそのすべての費用を負わされることは迷惑だった。

しかし、今になって引き退るわけにもゆかず、やむなく腹を据えた。もしも、支払う金が足りなかったなら、この旅館に泊り込んで自宅から電報為替ででも金を送らせよう。懐中を気づかいながら見るのでは、わざわざ東京からやって来た甲斐がない。

私は、老人の近くににじり寄るとその手もとを見つめた。

鯛は、強靭そうな尾で重々しく俎板を叩いている。尾びれの尖端の突起は、氷の針に似て鋭くみえた。

私は、鯛を見つめながらも乾いた肌をしたその老人と向い合って坐っていることに、なんとなく気づまりをおぼえていた。不愛想な老人の沈黙のためでもなく、不機嫌そうなその表情のためでもなかった。鯛を骨だけで泳がせることを考えついた人間、つまり骨に興味をいだいている男が自分以外にもいたということに対する気まずさとでも言ったものであった。

老人が、白いふきんを手にとり、まるで死刑囚でも扱うように鯛の眼の部分にそれをかぶせた。尾の動きが、萎えた。

老人の手に庖丁がにぎられた。その刃が、鯛の脇腹に食い込んだ。グサッグサッと、鱗の切れる音がして、乱暴に側面の肉が切りそがれ、鯛が素早く裏返しにされると、刃が動いてまた脇腹の肉がきり落された。庖丁の動きは、少しの技巧も感じさせない素気ないもので、傷ついた鯛は、無造作に水の中に落された。

私は、水槽の中の鯛を凝視した。脊椎骨が、すっかり透けている。鯛は力弱く水の中を泳いでいる。切りそがれた肉の部分からは、うっすらと血がただよって、鯛の動きにつれて血液が幾筋もの朱色の糸になっている。

また、鱗の切れる音がして二尾目の鯛が裏返しされ、骨があらわにされた。それも水の中に落された。

血の筋が、水槽の中にからんだ糸のような紋様をえがいて交錯し合った。鯛の動きには生彩がなかったが、それでも後から入れられた小柄な鯛は、水槽の中をあわただしく泳ぎまわっている。

大きな方の鯛が、ガラスの角に頭をぶつけた。そのまま鯛はじっとしていたが、また尾びれを動かして水の中を鈍い動きで泳ぎはじめた。

鯛の眼がこちらに向いた。私は、ぎくりとした。その眼は、すっかり力を失っている。魚の眼にも表情があることを、私は知った。その眼には、あきらかに死の翳《かげ》と苦悶の色があらわにむき出しにされていた。

グラフ雑誌の写真の鯛とは、かなり印象がちがっていた。眼の前の水槽の中で動いている鯛には、深い傷を負いながら息を喘がせている苦しげな姿しかない。不規則な動き方しかしない鰓《えら》の間隙からは、開くたびに血がふくっふくっと吐き出されている。

鯛の息苦しさが、自分にそのままつたわってきた。血の筋がにじんで、いつの間にか槽の中の水は血漿の黄色い液に変色しはじめている。

「旦那」

不意に、頭上で声がした。

私は、顔を上げた。しみの所々浮いた老人が、眼をしばたたいている。

「そんな眼で見られちゃ困るな」

老人は、かすれた声で言った。その顔には、妙に卑屈な羞恥の色がひろがっていた。

私は、一瞬、ひやりとした。私には、老人の顔に浮んだ表情の意味が理解できた。老人も、自分以外に骨に興味をいだく男がいることを恥しがっているのだろうか。

私は、ゆがんだ笑いを浮べながら水槽の中に視線をもどした。鯛は、少し斜めになって浮き上りかけている。尾を上に力なく水面に浮くかとみると、また、水中にもぐる。そんなことを何度か繰返しているうちに、体を横にして水の表面でふるえはじめた。

私は、自分の顔にも老人と同じ卑屈な表情が湧き上っているのを意識しながら、水面に並んだ二尾の鯛の透けた骨を落着かない眼で見つめつづけていた。


「どうお、面白かった？」

翌朝、帰宅すると、寝巻姿の妻がドアをあけながら言った。

「うふん」

私は、苦笑しながら部屋に入ると服をぬぎ、下着だけになると妻のぬけ出たふとんにもぐり込んだ。ふとんの中は、ぬくぬくとあたたかかった。

「一郎がね、お父さん、お父さんって淋しがってたわ」

せまい流し場で水の音をさせはじめた妻が、声をかけてきた。

私はふとんのえりから顔を出して、かたわらに敷かれた小さなふとんに口をかすかにあけて眠っている子供の顔を見つめた。

「銭湯でニンゴーゴーって言ってたけど、なんなの？　せがまれて困ったけど……」

私は、手を伸ばしてふとんから出ている子供の小さな手をにぎった。子供の寝顔には、深い安らぎがひろがっている。それは、私を父親として信じ込み妻を母親として頼りきっている表情だった。家の中の金をかき集めて旅に出、ほとんど使い果して帰ってきた私は、果して父親としての資格があるのだろうか。

私は、寝返りを打って子供の手をはなした。

銭湯は、三時からあく。一寝入りしたら、子供を連れて銭湯のノレンをくぐろう。背中の傷は、子供の遊び道具として弄ばれるのが最もふさわしいのかも知れない。

ふとんにもぐると、私は眼を閉じた。いつになく背中の傷痕のひきつれが意識された。カーブしている線路。私は、子供を乗せた豆電車が、背中の上を小さな車輪を鳴らしながら身をかしげて走る姿を想像していた。

煉瓦塀

喜代太は、重い木の扉を力をこめて引きあけた。

細目に開いた扉の間に、かれの痩せた小さな体がすべりこみ、鉱物のように光った眼が妹の久枝をうながした。久枝は、喜代太の体の横に身を入れた。再び兄の手で、扉が、車の音をひそかにきしませながら背後でしまった。

長いコンクリートの建物の中には、等間隔にはめこまれたガラス窓から、月の光が太い筋になって闇をななめにきっていた。藁《わら》の匂いと馬糞の臭いとが、郷愁めいたものを久枝の幼い胸の中にしみ入らせてきていた。

しばらく立ったままでいた喜代太が、久枝の小さな手をにぎると窓ぎわの通路に足をふみ入れた。コンクリートの床の上には、夕方掃除した名残りがのこされ、洗い流すために使われた水が所々にたまっていて、二人は運動靴を時折りその中にふみこませた。

コンクリートの太い柱が建物の奥の方までつらなり、柱と柱の間に横木が渡されている。その前を通ると、藁をふみしだく音がして通路に馬の顔が突き出された。喜代太は、久枝の手をにぎりしめながら歩きつづけ、半分ほどまで来た所で足をとめた。目的の馬は、そこにいた。栗毛の鼻柱に白い太目の筋がある馬は、体を横にして顔だけをこちらに向けていた。

喜代太は、久枝から手をはなすと薄い肩でかついで横木をはずし、壁に掛けられた手綱を馬の口にはめられた金環にとりつけた。久枝の胸の鼓動が、高くなった。日頃控え目な兄が、思いがけず勇気があるのに感心すると同時に、兄の行為が大人たちをひどく立腹させるにちがいないことも本能的に感じていた。

喜代太が、手綱をつかんで馬を通路にひき出した。馬は、従順に手綱にひかれて通路をゆっくり扉の方へ歩き出した。窓の近くをすぎる度に、馬の体が月光の太い筋の中で青白く浮び上った。扉の所までくると、喜代太は手綱をはなし、扉を細目にあけて外をうかがった。そして、扉を大きく引きあけると、馬を厩舎《きゅうしゃ》の外へ連れ出した。

久枝は、おそるおそる扉の外に出ると、おびえた眼であたりを見まわした。広い研究所の敷地は、月の光をくまなく浴びて、まるで霜にでもおおわれたように白っぽく静まり返っている。六階建の研究所の建物は、中央部に突き出た時計台を頂点にして、煉瓦造りの角ばった建物をがっしりと左右にひろげて立っている。所々に窓の灯が淡くのこってはいたが、建物の周辺にも構内にも人の気配は感じられなかった。

喜代太は、扉を閉めると、足をはやめて砂利の上を進みはじめた。遠く煉瓦塀の内側に、木造の小さな家が寄りかたまって並んでいる。かれの視線は、注意深くその家の方に向けられていた。母も飼育作業員をしている義父も、その作業員宿舎のはずれの一軒で床を並べて寝ているはずだった。

樹の集落の中に入りこむと、喜代太は、ようやく歩みをゆるめ、久枝を振返ると安堵の色をただよわせた眼を向けた。久枝は、口もとをゆるめてそれに応えたが、兄の企てに同意し行動を共にしていることが、ひどく罪深い気がして、頭の中が霞むような後ろ暗さをおぼえていた。

樹葉の間からこぼれ落ちる月の光を背一杯に浴びながら、馬は、林の中を縫って進むと、煉瓦塀にはめこまれた木戸にむかった。そして、体をすりぬけて木戸をくぐると煉瓦塀の外に出た。

「どこへ行くの？　兄ちゃん」

久枝は、不安になって兄の顔を見上げた。

「遠い所だ」

喜代太は、毅然とした口調で言った。

遠い所……久枝は、胸の中でつぶやいた。漠然としたひびきを持った言葉ではあったが、久枝には、なんとなくそれで十分に納得できた気がした。

喜代太は、久枝の手をにぎり、もう一方の手で手綱をひいて歩き出した。長い二人の影が、進む方向にのびていて、その下半身のあたりに大きな馬の影がのしかかってきている。

久枝は、自分の掌につたわってくる兄の手の感触から、兄の強い決意を感じとっていた。兄は、夕方自分の企てを久枝に話す時、険しい表情で顔をこわばらせながら眼を光らせていた。初めから喜代太は、久枝が自分の企てに心から同調してくれていると信じて疑わないらしかった。だから久枝が、「大丈夫？　そんなことをして」と言った時も、それを逡巡の意味とはとらず、「やってみるんだ、やってみなくちゃいけないんだ」と、力強く答えた。

遠い所、遠い所……と、久枝は、路上をうごく影を見つめながらつぶやいた。兄ちゃんと馬と三人で、だれもいない遠い遠い草原のような所を歩きつづけるのだろうか。そこには、さまざまに彩られた花弁を持つ花々が咲き乱れ、所々に清らかなせせらぎや小さな池の水の色がみられるかも知れない。それとも、絵本で見た栗鼠《りす》がはねたり華やかな羽毛をもつ小鳥たちのさえずる森のような所なのだろうか。久枝の不安は、少しずつうすらいだ。遠い所へ行きつくことができれば、馬をひそかに連れ出したことをなじる大人たちの影におびえることもないのかも知れない。

街灯の立っている住宅街の曲り角にきた。

立ちどまって路をうかがっていた喜代太が、「こっちだ」と言って歩き出した。久枝は、自信に満ちた兄の言葉のひびきに満足した。小学校で難しいことも教わっている兄は、遠い所という場所もよく知っているのだろう。

前方にのびていた二人の影が、真横にまわって道の片側の板塀の上を、縦になって動きはじめた。その後ろをたるんだ綱の細い影が淡くつらなり、形の良い馬の影がゆれながらつづいてくる。久枝は、自然に口もとがゆるんでくるのを意識した。大きな馬が、自分たち小さな人間の思いのままについてきているのが可笑《おか》しくてならない。馬にとって、兄ちゃんも私も少しは偉く見えるのだろうか。

久枝は、喜代太に手をひかれながら、首を曲げて馬の影を見つめた。その影は、板塀がきれると、不意に路地の地面に倒れ、再びはじまった石塀の表面で垂直に立ったりした。

久枝は、それらの変化に眼をかがやかせながら、馬の影に視線を据えていた。

「ゆうべ、夢を見たよ」

喜代太が、遠くを見るような眼をして言った。

「どんな夢？」

久枝は、鬣《たてがみ》の毛筋まではっきりみえる馬の影から視線を移し、兄にならって月の光のひろがる夜空を見上げた。

「この栗毛の馬が、頭を何度もさげているのさ。命を助けてくれというんだよ。今日は、学校へ行ってもこの馬のことばかり考えていた」

「いいことをしてやったんだよ、ね」

「そうさ。馬のやつ、連れ出してやったんで喜んでいるんだ」

喜代太は、機嫌よさそうな眼で馬を一瞥《いちべつ》した。その顔には、馬を自分の力で助け出すことができた満足げな表情が浮んでいた。

夢といえば、久枝は、五月も末に近いというのにひんぱんに雪の夢を見る。厚く積った雪の中に棒切れを突き込んで、その細くうがたれた穴の中をのぞきこむところから、夢ははじまる。透き通った淡い青さが、しゃがみこんだ久枝の眼の前に深々とのぞかれるが、しばらくすると穴は徐々に広さを増し深まって、いつの間にか久枝の体は、その雪の穴の中に沈んでゆく。体の細胞が一斉にきしみ合うほどの冷たさと、堪えがたい空腹感が久枝の体をかたく押しつつみ、久枝は、夢の中で肩をふるわせて泣きじゃくる。その泣き声で、久枝は必ず夢からさめるのだが、目ざめの後にも雪の重苦しさと冷たさとがそのまま後を引いて残された。

久枝が、四ヵ月前まで住みついていた北国の小さな町は、冬、深い積雪に埋めつくされた。天井のない梁《はり》のむき出しになった農家の納屋は、戸外の寒さをそのまましみ入らせてきていて、吐く息は白く、板壁にはめこまれた亀裂の走った窓ガラスは、重なり合った氷の紋様で分厚くとざされていた。母と兄との三人の暮しは呆れるほど貧しく、燃料も乏しくて、暗くなると仕方なく久枝も喜代太も薄いふとんの中にもぐりこんで寒さをしのいだ。兄の給食費は免除されていたが、兄は必ず学校から帰ると、食べ残してきた給食の一部を布袋の中からとり出して久枝に食べさせてくれる。朝と夕方の二度しか食物を口に入れることのできなかった久枝にとって、兄の持ってきてくれる食物は、この上ない貴重な糧になっていた。

その町の記憶は、久枝にとって苦痛に満ちたものであった。兄は、絶えず近隣の子供たちに石を投げつけられ、久枝も、家の外へ一歩でも出れば、たちまち蔑《さげす》みにみちた子供たちの眼に取りかこまれた。

ある日、久枝は、飢えに堪えられず三歳の男の子の手にしていた乾燥芋を取り上げると、素早く口の中に押し込んだ。たちまち久枝は、まわりにいた子供たちに押し倒され足蹴にされ鼻と歯ぐきから血を流した。が、それでも久枝は、おとがいを動かして口一杯にひろがった芋の甘みを味わいながら、嚥下《えんげ》することを惜しんで咽喉の奥に少しずつ流しこんでいた。

その翌日の夜の記憶は、久枝にとって冬の凍てついた夕焼けの空の色を見るような、物哀しい鮮やかさで胸の中に刻みこまれている。小舎の中には、珍しく母の買ってきたわずかな炭が七輪で起され、その上で皮をかぶった里芋が香ばしい匂いをただよわせて焼かれていた。久枝は、味噌をつけた芋の熱いうまさに恍惚として、おぼつかない節廻しで歌をうたい、はしゃぎつづけた。やがて、瞼がかさなりはじめるのを意識した頃、母が、小舎の梁に三本の麻縄をかけるのを夢現《ゆめうつつ》に見た。

「ブランコしようね」

耳もとでささやく母の優しい声に眼をあけた久枝は、大きくひらかれた切れ長の母の眼に奇妙な光が凝結しているのに気づいて、はっきりと目ざめた。そして、母の手がふるえながら自分の体を抱き上げるのを感じると、異様な気配を本能的に感じとって体をかたくした。その時、ふと、久枝の視線の隅に、麻縄の下に置かれた林檎箱の上に乗って無言のまま麻縄の輪に首を入れかけている喜代太の姿がとらえられた。

「兄ちゃん」

久枝は、おびえきった眼を向け、かすれた声をあげた。兄の血の気のない顔が恐しく思えた。

その瞬間、自分の体が母の腕から投げ出され、同時に母の叫び声が小舎の空気を引き裂くのを耳にした。母の両手が、兄の痩せた体にしがみつくと、そのまま二人の体は蓆《むしろ》を敷いた床の上に重なり合って倒れていた。

動物的な太い泣き声が、母の体からふき出し、母は、久枝の体も引き寄せると床の上を身もだえしながらころがりまわった。喜代太の手と久枝の手を荒々しくにぎると、自分の胸の中に押し入れ、乳房をつかませた。

「泣くのはよしな、泣くのはよしな」

久枝は、地底にのめり込んでゆくような泣き声をあげている母に声をかけながらも、柔かく温かい母の乳房を指先でいじりつづけていた。

翌朝、母は、眼を暗く光らせて、

「やはりお父ちゃんがいなくちゃだめだよ。お母ちゃん一人じゃ、だめなんだよ」

と、喜代太に繰返しくどいた。

一ヵ月ほど前から母には再婚の話が持ち上っていて、何度か母は遠慮がちに久枝たちの前でそのことをほのめかせていたが、その度に喜代太は、

「いやだ」

と、眼をいからせ、首をはげしく振っていた。が、その日の喜代太は、気抜けした表情で肩を落し、膝に両手を置いたまま口をつぐんでいた。

それから十日ほどたった頃、母は、どこからか白粉《おしろい》を借りてきて顔に塗った。目鼻立ちのきつい母の表情が、急に柔らいでみえ、色白の母の顔が若やいで驚くほど美しくなった。

やがてやってきた郵便局の奥さんと連れ立って出掛けて行った母は、夕方近くになって紺の背広を着た人をともなって帰って来た。母は、うるんだ眼をして額の禿げ上った男の人の言葉に口数少く受け答えしていたが、時折り恥しそうな眼をして小舎の隅に坐ってい

る久枝たちの表情をうかがっていた。

小舎をたたんで母子三人でその町を去ったのは、それから一週間後のことであった。粉雪の舞う国鉄の駅から、生れてはじめて乗る列車に長い間乗りつづけて、夕方、大きな都会の終着駅に降り立つと、フォームに紺の背広を着た男の人が立っていた。男の人は、母と鹿爪らしい挨拶をかわし、荷物を手にとって先に立って歩きはじめた。久枝は、肩の角ばった足のひどくひらいた男の後ろ姿を見上げながら、母に手をひかれて小走りに歩いた。その日から、男が久枝の新しい父親になり、久枝たちの新しい生活がはじまったのだ。

「馬を連れてきちゃって、おじちゃん、怒らないかな」

久枝は、小賢しく義父のことを「父ちゃん」とは言わず「おじちゃん」と言って、喜代太の横顔を不安そうな眼でうかがった。理由はよくはわからないのだが、兄は、決して義父を父とは呼ばず、ほとんど義父と口をきくこともない。

喜代太は、歩きながら久枝の顔に眼を向けたが、額に皺を寄せただけですぐに視線をもどした。

久枝は、義父のことを口にしたことを悔みながらも、兄のかたくなな心情を推しはかりかねていた。久枝にとって、決して義父は冷やかな存在ではない。それどころか、むしろ親しみに満ちた存在ですらあった。母に言われたとおり義父のことを「父ちゃん」と呼ぶことにも、別に抵抗感はなかった。その言葉を初めて口にした時、義父は、照れ臭そうに笑っていたが、夕方、どこからかママゴトの道具を買ってきて久枝にあたえてくれた。

義父は、いつも優しそうな眼をしていて、久枝のことを無造作に抱き上げてくれたりする。温かくて大きな義父の体に、久枝は、母にはない好ましいものを感じていた。

義父は、作業衣を着、ゲートルを足に巻いて研究所の中に飼われている無数の動物たちに飼料をあたえてまわっている。久枝は、その後について餌を食べる動物たちを見て歩くのを楽しみにしていたが、この栗毛の馬も、義父が朝夕餌をあたえている動物の中の一つであった。たしかに義父と研究所の中の宿舎で暮しはじめてからは、母は、自分の体を抱いて寝てくれることはなくなった。母は、いつも夜、義父の寝ている隣の部屋に入ってしまって、仕方なく久枝は、喜代太のふとんにもぐり込んで眠る。身近にいた母が、急に遠く離れてしまったような淋しさはおぼえるのだが、いずれにしても天井も襖も畳もある家に住めるし、それに毎食おいしいものを十分食べられ衣服も時折り買ってもらえる義父との生活は、久枝にとって少しの不服もない生活であった。それだけに、兄の不機嫌そうな態度が、久枝には不可解ですらあった。

路がゆるくカーブしていて、両側に二階建の家がつづき、月の光は屋根の方に上ってしまった。

「あれ、馬だぜ。来てみろよ」

上方で、突然声がした。

兄の足が、とまった。久枝が眼を上げてみると、路に面した二階家の窓ガラスがひらいていて、そこに横坐りに腰をかけた若い男の人が、スタンドの灯らしい明りに半身をあかるませて見下ろし、その明りの中に別の男の人の顔が浮び上るのが見えた。

「本当だ。子供が連れているのか」

「散歩かい、坊や」

喜代太は、上眼づかいに二階の窓をうかがっている。久枝は、男たちの顔に親しげな表情を感じて、自然に眼もとをゆるめた。大きな馬を、自分たち二人だけで連れて歩いているることが誇らしく思えた。

「温和《おとな》しい馬だね、乗れるのかい？」

久枝は、二階の窓を見上げていたが、急に手を喜代太にひかれて、あわてて窓から視線をそらすと歩き出した。喜代太の足どりが思いなしか早まり、久枝も小刻みに足を動かしていった。

久枝は、自分の手をきつくにぎりしめている兄の掌の感触に、悪事をはたらいているような後ろめたさをおぼえた。無断で馬を連れ出したことは、盗むことと同じことなのだろうか。

路のカーブがきれると、前方に明るい光の流れている舗装路が見えた。一度母に連れられて買物に来たことのある小さな電車の通っている広い道だった。

兄は、歩みをとめ、トンネルの出口に似た明るんだ舗装路を自動車がかすめ過ぎるのを見つめていた。が、すぐに歩き出すと、暗い路から舗装路の端に出た。両側を見渡すと戸を閉ざした店がほとんどだったが、電光を路上にまばゆく流している店もいくつか見える。大きな薬局の軒の上では、片仮名のネオンの文字が、左から右へと色どりを変え点滅を繰返しながら流れていた。

喜代太は、身を乗り出して道の両側をうかがっていた。青い閃光をポールの先端で放って、小さな電車が、車輪の音をさせて車体をゆらせながら近づいてくる。乗客の姿はまばらで、電光をふりまきながら眼の前を騒々しい音をさせて通り過ぎて行った。タクシーのヘッドライトがそれにつづいてかたわらをないでゆくと、喜代太は、手綱を強くひいた。蹄《ひづめ》の音が、コンクリートの路面の上でかたそうに鳴りはじめた。

道に埋められた市内電車のレールを渡ると、また、トラックらしいヘッドライトが近づいてくるのが見えた。喜代太は、手綱を曳いて歩道へ走った。

果物店の店先で、眼鏡をかけた男の人が、夏蜜柑を拭きながらこちらに顔を向けていた。雛壇《ひなだん》のように、つややかな果実の色彩が店の中に層をなしてあふれ、店の片側にはめこまれた大きな鏡の前には、青みをかすかにおびたバナナの大きな房が並んでいた。

兄は、歩道の端にそって果物店の前を体をかたくして通り過ぎると、すでにシャッターを下ろした魚屋らしい店の角を足を早めて曲った。久枝は、夏蜜柑を拭いていた男の眼の光に不安をおぼえ、その男が後ろからついてきているような不安におそわれていた。が、背後からは、馬の規則正しい蹄の音と、舗装路を車が走り過ぎるタイヤの音とがきこえているだけであった。

「どこまで行くの?」

久枝は、見知らぬ暗い路を進みながら、兄の横顔を見上げた。ひどく遠くへきてしまったことに心細さをおぼえると同時に、足の踵《かかと》がうずいてきているのを感じはじめていた。

「遠くへ行くんだ」

兄が、また繰返した。

久枝は、ふっと涙ぐみそうになったが、咽喉骨を動かしてそれに堪えた。夕方、兄の口にした言葉が胸の中によみがえってきた。

「あの馬は、明日の朝早く死んでしまうんだ。それでもいいと思うか?」

兄ののぞき込む眼の光に、久枝は、反射的に首を振っていた。死ぬというのは、どういうことだかよくはわからないが、未知のもののもつ恐しさが久枝の体に重苦しくのしかかってきた。ことに、白い鼻柱をもつ栗毛の馬が、死というものにさらされるのは堪えられない気がした。

厩舎の中には、馬が八頭いる。それらの馬は、一日に一回必ず白衣を着た研究室の人の手で注射を所きらわず打たれるため神経がたかぶり、歯をむき出して隣の馬と嚙み合ったりしている。が、その栗毛の馬だけは、いつもおとなしく藁の上でつぶらな眼をうるませている。久枝も喜代太も、その物静かな馬の運動だけは時折り許されて、厩舎外の散歩に、手綱をひいて歩いたりしたこともある。

その頃、久枝も喜代太も、なぜ馬たちが厩舎の中で飼われているのかは知らないでいた。馬だけではなく、ほかの動物たちが、どういう宿命にあるのかもわからないでいた。

初め、義父に連れられて広い敷地の中に建ち並んだ鉄筋の建物を見た時、久枝は、大きな病院にちがいないと思いこんだ。事実、病室も多くそなえた綜合病院の一つにはちがいなかったが、それはあくまでも附属した設備でしかなく、他の重要な目的がその建築物には課せられていた。構内に散在した鉄筋の建物の中には、多くの種属の動物たちが、各部屋ごとに分類されて飼われているのを、やがて久枝たちは知った。しかも、動物たちの数はおびただしく、いわば建物の群れは、動物たちのひしめき合う立体的な森とでも言えるものであった。

義父は、三人の作業員と手分けして、それらの動物たちの飼育に専念していた。二十日鼠にはヌカを、犬には鯨の小間切れをまぜた麦飯を、馬には乾いた藁とフスマを食べさせていた。そのほか兎、鶏、牛、モルモット、猿、山羊、山椒魚、猫等、数え切れぬほどの種属の動物たちが、それぞれの体臭を放って義父たち作業員のあたえる飼料で飼われていた。だが、それらの動物たちが、例外なく確実に死を予定されて飼われているのを知ったのは、かなりたってからであった。

週に二、三回、多くの動物たちがオート三輪に満載されて裏門から入り込んでくるが、動物たちの籠をいくつもおろすと、帰りには、蓋のついた円筒形の大きな容器を積みこんで裏門から走り出てゆく。その中には、すでに硬くなった動物たちの切り刻まれた体がぎっしりと納められていた。

煉瓦塀の内側の世界しか知らない久枝は、遊び相手にも恵まれないままにひそかに動物たちのいる部屋の中をのぞき込むのを唯一の楽しみにしていた。白衣を着ている人たちは、動物に注射をしたり、メスで腹部を切り開いたり、血管をつまみ出してはビニールの細い管に連結させたり、いろいろなことをしていた。猿の頭蓋骨を蓋でもとるようにあけているのを見たこともあった。

兄のきかせてくれた話によると、これらの動物たちは、人間の病気を研究している白衣を着た人たちによって、ジッケン材料にされているという。久枝は、兄の口にする言葉の意味が理解できかねたが、ともかく動物たちは、大人たちのもっともらしい理屈のもとに死を課せられるのだ、ということだけは確実に知った。だが、そうした中で、馬たちは、いつまでも生きながらえるのを許されていた。八頭の馬は、朝夕餌を食べつづけ、日にただ一度の注射を打たれればそれで役目はすまされていた。が、やがて久枝は、その注射の中身を教えられて、やはり馬も他の動物たちと同じジッケン材料にされているのを知った。

久枝は、白衣を着た顔見知りの若い人が、時折り厩舎の裏手にある小さな木造の建物の中にガラス瓶を持って入って行くのに気づいていた。その建物の一室には、ガラス槽があって、中には奇妙に顎のはった蛇が赤い糸のような舌をひらめかせてむらがっていた。白衣の人が、蛇の口に金属棒を近づけると、蛇は素早くそれを嚙む。顎のふちから透明な液が垂れ、それを男の人が慎重にガラス瓶に採取する。

蛇は、南の島に棲むハブという種属で、歯牙の間からにじみ出る毒をうすめて馬の体に少量ずつ注入しているのだという。

「血清をとるんだよ」

白衣を着た人が、教えてくれた。

「ケッセイ？」

兄は、さすがにわからぬらしく、若い男の人の顔を見つめた。

「オキナワやアマミ大島などでハブにかまれた人を救けるために、メンエキになった血清を作るんだよ。ハブにかまれると、毒が体にまわって死んだり、軽くかまれた人でも肉がくさって不具になってしまう。だから、この研究所で血清を作って、それを飛行機で送っているんだ」

兄は、曖昧な表情でうなずいていたが、それが馬とどういう関係を持っているのかは推しはかりかねていた。

「馬が、人を救けるのね」

久枝が、口をはさんだ。

「そうだ、馬が人を救けるんだ。馬一頭で二百人もの人が救けられるんだ」

微笑を浮べて何度もうなずく男の人の眼に、久枝は、嬉しくなって頬をゆるめていた。

馬が、ケッセイというものを作るために飼われているのはわかったが、実際のことは相変らず漠としていた。が、十日ほど前、ようやく久枝たちは、馬とケッセイとの関係を自分の眼ではっきりとらえる機会を持った。

その日の午後、兄と連れ立って馬たちを見に行ってみると、厩舎には、義父をまじえた作業員と長靴をはいた白衣を着た人たちとが、黒い毛をした骨格の大きな馬を厩舎の外へひき出そうとしていた。久枝は、その馬が前日の夕方と今朝、ほかの馬たちとはちがって珍しく人参を何本もあたえられているのを眼にした。そのいつもとはちがう餌を、久枝は、馬が注射のために所々皮膚が化膿し、かなり衰弱しているためにあたえられているのだと思った。が、数本の人参が、実は、義父たちの馬への慈悲であるのを知った。

馬は、厩舎からひき出されると、義父や白衣を着た人たちに取りかこまれて、少しはなれた煉瓦造りの建物にゆっくりとむかった。が、建物の入口にたどりつくと、馬は、なぜか足を棒のように突っ張って動かなくなった。義父たちの動作が突然荒々しく変化したのは、その時からだった。

二人がかりで手綱がひかれ、義父は、建物の中から鉄の棒を持ってきて、馬の尻を力をこめて叩いた。腰骨のかたく鳴る音がして、馬はいななき、前脚をあげて暴れまわった。蹄が、砂利まじりの土の上をはげしく動いて土埃が舞い上った。作業員たちは手綱を引きしぼり、義父は鉄棒を尻に叩きつけながら、馬の動きを利用して巧みに建物の中にひきずり込んだ。馬は、暴れながらも薄暗い通路を進み、やがて、義父の手にする鉄棒に追われて右手の部屋にひき込まれて行った。

白衣を着た人たちがその後からついて消えると、久枝と喜代太は、建物の外に取り残された。二人は、うつろな顔を見合わせて立ちつくしていた。いつも物静かな義父が、別人のような苛酷さで鉄棒を振り上げつづけていたことに、久枝は、大人の残忍な一面を見せつけられた気がして体がふるえるのを感じていた。建物の中からは、男たちのおどす声とおびえきった馬の叫びとが交錯し、それにまじって蹄とコンクリートのぶつかり合う音が殺気立ってきこえてきた。

喜代太の足が動いたので、久枝もその後から足をふみ出した。喜代太は、建物の入口の所までくると逡巡して立ちどまったが、意を決してほの暗い通路の中にひそかに足をふみ入れた。稀にしか使われない建物らしく、空気の中には黴臭《かびくさ》い臭いがよどんでいた。

喜代太の体が、部屋の入口の壁にはりつくと、部屋の中に少しずつ首をさし伸べていった。久枝は、そのかたわらにしゃがみ、兄の腰の脇から恐るおそる部屋の内部をのぞき込んだ。

　奇妙な光景が、久枝の眼の前にひろがっていた。コンクリート造りのかなり広い部屋の中央に、円筒を横にしたような鉄骨だけで組み立てられた大きな器具がすえつけられていて、その中に馬が引き入れられ、広い革バンドで鉄骨に固着する作業がおこなわれていた。馬は、毛に汗をにじませ器具から脱け出ようと暴れている。胴がむすびつけられ四肢に革バンドが一本一本かけられると、素早く鉄材にきつくしめつけられた。やがて、馬の体は、脚を開き加減に円筒形の器具の中央に身動きもできずに緊縛された。

「いいぞ」

　顔中を汗に光らせた義父が声をかけると、若い作業員が、器具の一方の端にとりつけられている歯車のハンドルをまわした。円筒形の鉄骨の部分が少しずつまわり、それにつれて馬の体も傾き、横向きに寝る姿勢になると、作業員はハンドルをまわすことをやめた。

久枝は、大がかりな義父たちの作業になんとなく子供たちの遊びに似たものを連想して、好奇の眼を光らせていた。

　やがて、はじまった作業に、久枝は眼を大きく開いた。馬の首の部分が一カ所、白衣を着た人のメスで切りひらかれると、露出した太い血管にビニールの管が連結され、透明な管に赤い色が走って、コンクリートの床に置かれた筒形のガラス容器に泡を立てて血液が流れこみはじめた。馬の血だ、と思うと、久枝は、自分の体から血の気がひき、指先まで冷たくなってゆくのを感じた。馬は、脚をばたつかせ首を振ってもがき、馬の声とは思えぬ底深い呻き声をあげつづけた。時折り、体中にはげしい痙攣が起っていた。

喜代太の体が壁からはなれると、通路をよろめくように入口の方へ歩いて行った。久枝は、金縛りにでもあったようにしゃがんだまま、馬の体が妙に白っぽく、頭部が鉄骨の上に力なく垂れ下ってゆくのを膝頭をふるわせながら見つめていた。

建物の外に出ると、兄が砂利の上に仰向きに横たわっているのが見えた。近づくと、兄の眼が久枝に向けられた。兄の青ずんだ顔には、脂じみた汗が浮び、眼だけがひどく赤らんでみえた。

その夜、久枝は、何度も激しくうなされた。意識をとりもどすと、必ず兄の顔が眼の前にあった。その度に、久枝は、体中から冷たい汗がふき出ているのを感じながら、兄の光った眼を見つめていた。

馬たちに対する久枝の印象が、その日から一変した。ケッセイとは馬の血液のことで、ハブの毒を毎日注射されている馬たちが、やがては黒い馬と同じ運命をたどることを思うと、馬たちが哀れに思えてならなかった。兄は、急に無口になって再び厩舎の方へは足を向けなくなった。が、久枝は、馬たちのことが気にかかって一人で厩舎の中に入り込み、馬を長い間見つめたり、時には台所からひそかに野菜類を持ち出して馬の鼻づらに差し出したりしていた。

義父が、人参を数本手にして厩舎に入るのを見かけたのは、その日の朝だった。音をさせてうまそうに食べていたのは、栗毛の馬だった。

「兄ちゃん、鼻の白い馬を知っているでしょ？　今度は、あの馬が人参を食べさせられていたよ」

久枝のおびえた声に、喜代太の顔が激しくゆがんだ。喜代太は、ランドセルを肩から下ろすことも忘れて突っ立ったまま首を振っていた。

その日の夕方、久枝は、また栗毛の馬が人参を四本食べさせられているのを見た。久枝は、馬の背中と横腹にできた注射の化膿した醜い痕を、恐しいものをながめるような眼で見つめていた。

「ケッセイにされるんだね」

家にもどって、兄に栗毛の馬のことを告げると、兄は、また首を激しく振った。額に皺を寄せてしばらく無言で机の表面を見つめていたが、顔を不意にあげると、

「連れて逃げよう」

と、ひきつれた声で言った。

久枝は、兄の鋭い眼の光に気圧されて自然にうなずいていた。唐突な兄の言葉ではあったが、それが久枝には当然のことのように受け入れられた。

朝の早い義父と母が隣室で寝静まったのを見すましてから、久枝は、兄に手伝ってもら

って服に着がえ、ガラス窓を音をさせずにあけると戸外にぬけ出た。栗毛の馬をケッセイにされることから救い出すために兄について行くのだと思うと、人気のない構内も決して恐しくは思えず、かえって気持がたかぶるのを感じていた。

兄の言うとおり、馬は、連れ出されたことを喜んでいるらしく、従順に久枝たちの後からついてくる。道は、ひどく曲折していて、道の曲りにくると、屋根を越えた月の光が土の上に明るい光を落していた。

いくつ目かの角を通り過ぎた時、路の前方からリズミカルな音がしてきて、赤い灯が点滅しているのが見えた。月の光にレールがひんやりと光り、石がそのまわりに白々と盛り上っていた。

久枝は、兄に手をひかれて踏切に近づきながら、雪に埋れた町はずれにあった踏切を思い起していた。母は、踏切に近づくことを喜代太にも久枝にも禁じ、自分でも踏切を渡ることを避けていた。久枝にとってほとんど記憶にない父は、その踏切で命を落したのだ。

大学を中途までいったという父は、初めの頃は役場に勤めたり隣町の製材工場の事務員をしていたらしいが、いつの間にか闇米の運搬の手伝いをし、オート三輪の上乗りをしてその踏切にさしかかった時、驀進《ばくしん》してきた列車に衝突して車ごと引きずられ、アングルと信号機の間にはさまれて即死したのだという。その折の記憶はむろんないが、ただ通夜と葬儀の奇妙な明るさを持った光景は、はっきり思い起される。灯の下で家に珍しく人の出入りがあり、久枝自身ははしゃぎまわっていた。翌日、わずかな人の列が町はずれの焼場にむかった。風のひどい日で、造花が環からはずれ、土手の斜面をころがっていった情景なども、きらびやかな印象となって久枝の胸に焼きついている。

車輪の音が警笛とともに近づいて、眼の前を電車の車体が、夜気をゆれさせて横に走った。車窓からあふれ出る車内の灯が久枝たちの体を断続的に明るませ、尾灯を一瞬久枝の眼に赤く点じると、またたく間にかすめ過ぎた。

警報器の音がやみ、赤い灯の点滅が消えると、再びあたりに深い静寂がもどった。

踏切を渡ると、人家は絶えて、道の両側から大きな樹の繁りが久枝たちの頭上におおいかぶさってきた。道は少し登りになっていて、樹葉の間をもれる月の光が、砂利まじりの道を浅い川床のように明るませていた。

久枝は、兄の手にひかれながら歩いているうちに、道の両側にいつの間にか大小さまざまな形をした石が次第に数を増してつらなりはじめているのに気づいた。無数の墓石で、月の光を反射させて光っている墓碑があるかと思えば、低い樹々の間に黒々と沈んでいる石の群れもあった。その間隙に、割箸を立てたような卒塔婆が所々に白っぽく突き出ていた。

「どこへ行くの？」

久枝は、兄の顔を見上げた。

兄の顔が久枝の顔に向けられたが、額に皺を刻ませただけで、眼は素気なく前方にそらされた。

「疲れちゃった」

久枝は、墓地の中を歩きつづけることに恐しさを感じて思いきって言った。久枝の知っている墓地は、四ヵ月前まで住みついていた町のはずれにある墓地だけで、そこには、二百ほどの墓が雑木林の中のゆるい傾斜にまばらに立ち並んでいるだけだった。閑散とした場所で、南に面しているためか、いつも日射しが墓石にあたたかそうにあたっていた。が、それにくらべて道の両側にひろがる墓地には、隙間なく墓石がつらなり配列も整然としていて、人の気配の感じられない石だけの世界にふみ込んでしまったような冷ややかさであった。

兄が足をとめた。久枝は、兄の顔をうかがった。

喜代太は、しばらく思案していたが、馬の首をねじ向けると墓地の道から細い路に足をふみ入れた。

「どこへ行くの？」

久枝は、かすれた声できいた。

「休むのさ」

喜代太の声は、思ったより優しかった。低い樹にふちどられた路をたどると、大きな墓石の前で足をとめた。

久枝は、おずおずと周囲を見まわした。光沢のある墓がかたわらに立っていて、高く組み立てられた囲いの周囲に鎖がめぐらされ、墓石の上に松の木が枝葉を形よく差しのべていた。

兄が、手綱を鎖にむすびつけると石段に腰を下ろした。久枝もその隣に腰をすえ、兄にならって近々と立っている馬の体を見上げた。馬は、耳を萎えさせ首を垂れ加減にしている。どことなく元気がなく、眼だけが無心にみひらかれている。

「あいつのこと、兄ちゃんは大嫌いなんだ」

喜代太が、馬を見上げながら強い口調で言った。

久枝は、兄の険しい表情をうかがった。あいつ、というのは、義父のことを指しているにちがいなかった。たしかに鉄棒をふり上げていた義父の姿は、恐しかった。馬を器具にしばりつけ、血をしぼりとる間も、義父は作業の中心になって働いていた。いつもの義父からは、到底想像もできない姿だった。禿げ上った額も、いつもとはちがって赤らみ、顔中に汗が異様に光っていた。だが、その折の義父が本当の義父の姿なのか、それとも優しい眼をしている義父が本当の義父なのか、久枝にはどちらとも判断はつかない。

「こわかったね」

　久枝は、兄に迎合して同調した。

「母ちゃんは、ばかだからあんなやつとケッコンしたんだ。母ちゃんもきらいだよ。あの時、一緒に縄で首を吊っちゃった方がずっとよかったんだ」

　兄の顔がゆがみ眼に光るものが湧くのを、久枝はじっと見つめていた。東京へ出て来ておいしいものを沢山食べることができるようになったのに、兄は、お腹が痛いと言って食事をとらないこともある。義父のおかげで食物を口に入れることのできる境遇を、兄は不快に思っているのだろうか。

　不意に大きな音が静寂をやぶり、久枝の体に痙攣が走った。久枝の眼は、馬の腹部の下の土に水が激しくはねかえっているのをとらえた。土の上に泡立った水がひろがり、尿の臭いが夜気の中にまじってただよってきた。驚きが消え安堵が胸にひろがると、可笑しさが急に咽喉もとに突き上げてきて、久枝ははじけるような笑い声を立てた。喜代太も、肩をあえがせ笑い出した。

「驚かせるなよ」

　喜代太が立って、馬の鼻柱を軽くこづいた。久枝は、また咽喉を鳴らして笑った。

「死んじゃったら、小便もしないんだ」

　喜代太が、つぶやいた。

「人間っていやだな。研究所に入ってきた動物は、一匹も残さず殺しちゃうんだから。この馬だって、あのままにしていたら、血を全部しぼりとられちゃって冷たくなってしまうんだ」

喜代太の声には、笑いのひびきがいつの間にか消えていた。

久枝は、土の上に太く流れている泡立った水の動きを口もとをゆるめて見つめていた。

「眠い」

久枝は、欠伸《あくび》をするとつぶやいた。気分がいつの間にかやわらぎ、体に眠気がしみ入ってきているのを意識していた。

「仕様がないな」

喜代太は、久枝の顔を見つめ、

「じゃ、どこかで寝ようか」

と言って、あたりを見まわした。

久枝は、眼をしばたたいた。

喜代太は、鎖をまたいで墓石の上に這い上ると、松の枝をつかんで背伸びをした。

「あそこがいいや」

四囲に眼を配っていた喜代太が、墓石からすべり下りて馬の手綱を鎖からほどき、墓地の奥の方へ歩いて行った。

碁盤目状の墓地の路をいくつか曲ると、前方にちょっとした空地があって、そこに木造の小さな小舎が立っているのが見えた。喜代太は、そばに立っている太い木の幹に手綱をむすびつけると、ためらわず小舎の中に足をふみ入れた。一坪ほどの内部には、縁台に似た板が板壁にとりつけられていて、隅に数本の熊手とちり取りが二個置かれていた。

「誰かが住んでいるの？」

久枝は、恐るおそる内部を見まわした。

「墓地を掃く人たちが休む所だろう。夜は、誰も来やあしないよ」

喜代太にうながされて、久枝は兄の体に寄り添った。喜代太の腕が久枝の肩にまわされて、体温が温かくつたわってきた。

月の光が、膝から下の部分を照らしていた。何気なく掌をかざすと、五本の指が鮮明な影になった。久枝は、掌を動かして影の作るさまざまな形を眼で楽しみながら、樹木の匂いのふくまれた夜気をゆっくりと吸っていた。が、それにも飽きると、眼を上げて樹の幹につながれた馬を見た。馬も月の光にさらされていて、首筋から尻の部分に注射のためにできた化膿の痕がひろがっているのがみえた。馬は、首を垂れたまま身じろぎもしない。

やがて、久枝は、馬を見つめているうちにその体が青白い月の光の中に溶け込み、自分の体も、月の光の中に膝頭から吸われてゆくのを意識していた。快い気怠《けだる》さが、久枝の体をやわらかく包みこんだ。

馬が、樹の幹からはなれて典雅な足どりで歩きはじめるのを久枝は見た。久枝は、誘われて立ち上ると、栗毛の肌がつややかに光るのを見つめながらついて行く。尾が、時折優美な形でひるがえった。

不意に浮き立つ楽の音がしてきて、久枝は、馬と遊園地の中にいた。遊戯具が遠近《おちこち》で華やかに動き、眼の前では、ビーチパラソルの骨に似た展望車の鉄骨が、銀色の塗料をかがやかせてゆったりとまわっている。

馬が、展望車に歩み寄ると、パラソルの骨の先端にとりつけられた箱の中に身を入れた。馬をのせた箱が、楽の音に送られて地上をはなれ、悠長に上方へのぼって行く。久枝は、微笑を顔に浮べながらそれを見上げた。

馬は、鉄骨の頂きに達すると、再び脚を箱のふちから垂れさせて下ってくる。一瞬、久枝の胸に哀しい予感めいたものがかすめ過ぎた。馬の体が、いつの間にか箱の中に革バンドで緊縛されている。予感は不幸にも適中して、楽の音が急に早まると、銀色の鉄骨の回転が速度を増した。馬の体は、鉄骨の要を中心に目まぐるしい円運動をはじめ、脚はなびき、尾がひるがえった。久枝の胸に哀しみがあふれ、泣き声がもれた。その瞬間、馬の体の中から赤いものが流れ出て、あたりに散り、またたく間に銀色の鉄骨が朱色に染まった。鉄骨の回転は、それでも動きをとめない。馬の体の色素がうすれ、透き通った光沢をおびてきた。馬は、回転しながら脚をばたつかせている。その度に、透けた骨格がギヤマンのような濃淡をみせて、体の中で複雑な図を描きながら動きつづけている。久枝は、咽喉を開いて叫び声をあげた。その声で、夢が破れた。

栗毛の馬は、同じ姿勢で立っていた。眠りこむ前とちがって、体の半分以上に樹葉の濃い影が落ちていた。

久枝は、息苦しい動悸をおぼえながら小舎の中を見まわした。兄が、板壁の隅に頭を押しつけて眠っている。月の光は、小舎の中から外の土の上に移っていた。

久枝は、ようやく動悸がしずまると寒さを感じて兄の体に体を押しつけた。心細くはあったが、生れてから兄と馬とだけで生きつづけてきたような安らぎが胸の中に湧き、兄の体の温かさに気分が落着いてくるのを感じていた。

再び眠りに入った久枝は、今度は夢も見ずに熟睡した。

ほのかな温かさの感じられる甘い眠りだった。肩がゆすられているのに気づいた久枝は、激しい寒さを感じて眼をあけた。あたりはほの暗く、馬の姿もぼやけてみえた。

「さあ、出掛けるよ」

兄に腕をとられて、体を起した。久枝は、身をふるわせると兄に手をひかれて小舎の外に出た。

馬が首を動かし、頭をこちらに向けた。夢の中でみた馬とはちがって、眼の前の馬は薄汚れていて、そのつぶらな眼だけが濡れてみえた。月の光はいつの間にかあたりから消え、夜明けの気配が墓石や樹幹の間を淡い霧のように流れていた。

久枝は、空地の隅に行くとしゃがみ込んだ。かすかな放尿の音が、土の匂いとともに久枝の体をつつみ込んだ。

墓も樹々も湿った色をみせ、馬の体も背中の上半分が夜露に黒々と濡れていた。

久枝は、馬が血をふりまいていた夢をぼんやり思い起し、急がねばならないと自分自身に言いきかせ、喜代太が手綱をほどくのを見守っていた。

馬が、喜代太の手綱にひかれて歩き出した。久枝は、馬の後ろから路を曲って夜露に濡れた土の上を歩いて行った。

広い道に出ると、喜代太が、手綱をひいた。が、意外にも馬は喜代太の導く方向とは反対の方向に首を向けた。

「どう、どう」

喜代太と馬との間に渡された手綱が強くはられた。久枝は、道の端に立って兄と馬との姿を見つめた。従順であった馬が、初めて自らの意志をむき出しにしていることが久枝にも意識できた。

馬の力は、強かった。馬は、喜代太の力を無視して歩きはじめた。かれの顔に、困惑の色が浮び、足をふんばり手綱を引きしぼったが、手から綱がはなれ、馬は綱を土の上に垂らしたまま少し足を早めた。

喜代太が、うろたえて駈け出し、手綱をひろった。が、かれは手綱をつかんだだけで、馬に曳きずられて行く。久枝は馬の逞しい体に畏怖をおぼえ、それにさからっている兄の無力な姿に気持が萎えるのを感じながら後を追って行った。

　坂を下ると、踏切があった。そこを過ぎると、前方に広い舗装路が見えてきた。

「待て、待て、どう、どう」

　息をあえがせた喜代太が、声をからして叫びつづけている。が、馬は、舗装路に出ると一直線に道を渡った。喜代太は、タイヤの音をひびかせてトラックが近づいてくるのを眼にして手綱をはなした。久枝が、肩を波打たせて兄に追いついた。二人は、トラックの通過するのを待ってから舗装路を駈けて渡った。

「つかまえなくちゃ、大変だ」

　喜代太は、馬の入りこんで行った路を曲りながら叫んだ。ようやく久枝は、馬が昨夜通った路を引き返しているのに気づいた。

「ばかだな、あの馬は」

　喜代太の声はふるえ、久枝を置いて走り、道の角から姿を消した。

　久枝も後を追ったが、胸がしめつけられて息苦しく、走るのをやめた。馬は、餌が欲しいために帰るのだろうか、それとも、厩舎の藁が恋しいのだろうか。久枝は、筋肉がふやけてしまったような疲労を感じながら、虚脱しきった表情で足をひきずりながら道をたどって行った。

昨夜若い男が見下ろしていた二階が眼にとまり、久枝は、歩きながら窓を見上げた。ガラス窓は閉まり、白いカーテンが垂れ下っていた。一夜を家の外で過したことが実感となって感じられ、久枝は、母に激しく叱責される予感におびえて、小走りに歩き出した。

記憶をたどりながら路を曲り、幾つ目かの角を曲ると、久枝の眼に兄の姿が映った。喜代太は、裸電球の白々とともっている街灯の柱に肩をもたせかけ、顔だけを反対方向にねじ曲げていた。その方向には、久枝の見なれた研究所の煉瓦塀があって、その一部に板の戸が半開きにひらいているのが見えた。久枝は、近づくと、

「兄ちゃん」

と、声をかけた。

振向いた喜代太の顔に、久枝は、途惑いをおぼえた。顔がひどくひきつれ、兄の顔とはちがう大人のような顔だった。

「行っちゃったよ」

喜代太は、言った。口もとに拗《す》ねきったゆがみがただよっていた。

「人参が食べたかったんだね」

久枝は、兄の眼の冷たい光におびえながら首を少しかしげて言った。

喜代太の顔が、一層ゆがんだ。その顔が左右に激しく振られると、喜代太の背が街灯の柱からはなれた。久枝は、兄が足もとをふらつかせながら歩き出すのを見送った。喜代太

は、煉瓦塀とは反対の方向に歩きはじめていた。

「兄ちゃん」

久枝は、顔を青ざめさせた。喜代太は、首を振りながら無言で歩いて行く。その足どりに、久枝は尋常でないものを感じたが、数歩後を追うと、足をとめた。

兄ちゃんは、一人で遠い所へ行ってしまうにちがいない。兄ちゃんは、馬もきらいになったし母もなにもかもいやになってしまったのだろう。

ついて行かなくてはいけないのだ、と、久枝は、兄の後ろ姿を見つめながら自分に言いきかせた。が、久枝の眼は、煉瓦塀のくぐり戸を自然に振返っていた。空腹感が、久枝の体に得体の知れぬ恐しさとなって湧いてきていた。塀の中には、ともかく飢えとは無縁な充足した生活がある。食物に対する激しい欲望が、久枝の小さな体をしっかりととらえた。

再び視線をもどすと、兄の痩せた体が板塀の角を曲るところだった。兄は、振返らなかった。久枝の胸に哀しみが湧いたが、久枝の足はかたくなに動こうとしなかった。

牛乳瓶のふれ合う音が近づいてきて、眼鏡をかけた若い男が自転車に乗って路上にあらわれ、喜代太の後を追うように板塀にそって曲って行った。

久枝は、遠ざかる瓶のふれ合う音を耳で追いながら、街灯のかたわらに立ちつくしていた。

キトク

ベルの音に、圭吾は目をさました。

かれは、無遠慮に鳴らされるその音に動悸をおぼえて起き上ると、闇の中を手探りに寝室から廊下に出た。玄関の壁にはめこまれた電灯のスウィッチを押すと、ドアのガラス面に人影が淡く浮びあがり、その影が、「電報です」と言った。門のあたりからは、スクーターのエンジンをかけたままの音がきこえている。

ドアを細目にあけると、夜気とともに電報紙がさし出され、すぐに門の方へもどってゆく配達夫の靴音がした。かれには、ある予感があった。もしも、母からのものならば内容は読まなくてもわかっていた。

かれは、玄関のたたきに立って紙片をみつめていたが、開いてみると、やはり母の打った電報で、チチキトクスグ　コイ　ハハという片仮名文字がならんでいた。

圭吾は、灯を消すと寝室の襖をあけた。枕もとのスタンドがともされていて、妻の千代子がふとんの上に坐ってかれを見上げていた。

「また、危篤だよ」

かれは、テレビの上に電報紙を無造作に置くと、ふとんの中にもぐりこんだ。

母からの電報は、これで四度目であった。初めの電報は昨年の暮もちかい頃で、圭吾は、弟と手分けして親戚に連絡し、静岡県の父母たちの住んでいる隠居所にかけつけた。

父は、庭に面した部屋で横になっていた。母の言葉によれば、入浴後、急に頭が痛いと言ってうずくまってしまったという。二年前に軽い脳溢血で一時安静をつづけていた父が、そうした症状をおこしたことは危険にちがいなかった。が、かかりつけの医師が呼ばれた気配もなく、翌朝になると、父は食卓に色艶のよい顔をしてくわわってきたし、母も起きてきた父をたしなめる様子をみせなかった。

それから、二カ月に一度ぐらいの割で、母から同じ文面の電報が圭吾の家に舞いこんでくるようになった。その度にかれは、弟と父の隠居所にむかうのだが、さすがに親戚の者たちを呼ぶことはためらわれた。父が危険な症状をしめしたのだ、と、母はその度になにかの言葉を用意していたが、父には別に異常はなさそうであったし、第一、母にも気づかわしげな表情はみられなかった。

ようやく圭吾は、母の電報が、ただ圭吾たちを招き寄せる手段に使われているにすぎないことに気づいた。長い間、都会生活をつづけてにぎやかなことの好きだった父が、静かな隠居所の生活に飽いて母に電報を打たせているにちがいなかった。

「あなた」

妻の声がした。

圭吾は、いつもの例で妻が口にしようとしている言葉の内容がすぐに察せられた。

「今度こそ本当だったらどうするの」

かれは、舌打ちしたかった。

電報は、必ず深夜にとどけられる。隠居所のある村に電話がないわけではないのだが、病状をたしかめるためとはいえ、深夜に他人の家に電話をかけて呼出してもらうわけにもいかない。たとえ電話に母が出たとしても、電報と同じように「危篤だ」と言われればそれまでである。父と母の知恵が、そんな所にもかくされているとさえ思えてくる。

「困ったじいさん、ばあさんだ」

圭吾は仕方なく起き上ると、隣室の電話のダイヤルをまわした。

長い間コール音がつづいてから、弟の眠そうなしわがれた声がきこえてきた。

「また、危篤なんだとよ」

圭吾が言うと、弟の苦笑する気配がつたわってきて、少しの間沈黙がつづいた。いつもと同じ型どおりの会話が不熱心にやりとりされ、結局、その夜も弟の車で出掛けてみることに話がきまった。

妻が、骨ばった肩先をネグリジェの衿からのぞかせて大儀そうに起きてきた。圭吾が、顔を洗って寝室にもどると、妻は、旅行ケースを前に膝をくずして坐っていた。

「これ、入れるの？」

妻は、モーニングと黒いネクタイを指さした。

「一応、入れておいてくれ」

「じゃ、入れるわ。いやなのよ、嫁の立場としては……」

妻は、モーニングとネクタイを旅行ケースに入れた。

圭吾は、煙草をすいながら妻の仕度する姿をながめていた。いつの間にか、父の危篤が半ば事実であって、これからその病床にかけつけるような錯覚にとらえられた。

やがて、坂をのぼってくるエンジンの音がして、軽くホーンが門のあたりで鳴った。

圭吾は、旅行ケースを手に、ガウンをかけて玄関に出てきた妻に見送られ、黙ったまま弟の車の助手席に身を入れた。

弟が、言葉少く妻に挨拶するとエンジンをかけた。車は反転してヘッドライトの光をゆらしながら坂を下った。

妻には会社に欠勤する旨の電話をかけるように言い置いてきた。初めの頃は、父危篤の電報がきたことを理由としていたが、度かさなるうちに気もひけて、他の理由を考えては電話をさせている。その日は週一回定期的にひらかれる営業会議のある日で、一部門を担当している圭吾は、どうしても出席する必要があった。

「本当かも知れねえんだから、それが弱るんだ」

弟が、困惑した眼で言った。

車は高速道路に出て、かなりのスピードで走りつづけた。

「おやじたちの所に、電話が引ければいいんだがな」

弟が、煙草をすいだした。

「あそこは、当分だめらしいぜ、二、三年はかかるらしい。それにしても、よりによってへんぴな所に家を作ってくれたものさ」

圭吾は、弟からライターを借りて煙草を口にくわえた。

「と言って、東京へ連れ帰るわけにもいかないしな。受けいれる所といったって、まず、おれの所には世話をする女房というやつがいないし、それにマンション住いじゃ年寄りたちには気に入らないだろうしね」

「おれの所だって、女房のやつ、ひとこともそんなことは口に出さないよ。考えてみれば無理もないのさ、思いどおりのことをして生きてきたおやじたちが、おれの家にきたってうまくゆくはずはないんだ」

「ところで、嫂《ねえ》さんとの仲はうまくいっているのかい」

「今のところ、まあまあだ」

「兄貴は、それでもまじめだよ。女房を後生大事に守っているんだから……」

　圭吾は、思わず苦笑した。

　女のことで妻との間に離婚さわぎが起きたのは、昨年の春のことだ。相手の女は取引先の会社の秘書課にいる若い社員で、初めの頃、女は圭吾が妻子のある身であることを理解し、かれもそれを女に納得させて旅行に連れて行ったり、女のアパートに出入りしたりしていた。

　やがて、女がみごもった。圭吾は、うろたえて胎児をおろさせたが、その頃から女はすっかり心の抑制がきかなくなってしまった。夜帰ると言えば、奥さんのことがそんなに気がかりなのか、泊っていって、としがみついたり、泣き声をあげて拗《す》ねてみたり、圭吾もその女と付き合っていることに精神的な重荷を感じた。そして、なにかと口実をもうけては、女と会うことを避けはじめた。

　しかし、それは逆の効果しかなかった。女が、かれに対する恨みをこめた遺書を書いて、アパートでガス自殺を試みたのだ。

　警察からの連絡で、かれは、女のかつぎこまれた病院に呼ばれたが、そのことから女との関係が妻にばれ、妻は錯乱状態におちいった。

「会社の社長にばらしてやる」とか、「子供と一緒に死んじゃう」とかわめき散らして、子供を連れて深夜家をとび出したり、思いつめたように睡眠薬を多量に買いこんできたりした。

圭吾は、女との関係を清算し妻の神経をやわらげることにつとめたが、それ以後、妻の態度は一変して、圭吾をみる目つきも言葉づかいも冷たくとげとげしくなっている。

「兄貴らしいな。その女の扱い方も女房の扱い方も、それじゃ最低だよ」

弟は、おかしそうに圭吾を冷やかしていたが、そんなことを口にするだけに弟の生活は圭吾のそれとかなりへだたったものがあった。

弟には定まった妻というものがなく、簡単に女と同棲してはあっさり別れることを繰返している。羨ましいような美しい娘が、弟の部屋でかいがいしく家事などをやっているのにぶつかることもあるが、そんな女でも弟は惜しげもなく別れて、また別の女を物色する。

たしかに弟の生活は、女出入りの多かった父の生き方にひどく似ているが、ただ一つちがっている点は、父には母が今まではなれずについてきたことだろう。

若い頃の母が父にどんな態度をとっていたのかは知らないが、圭吾の幼い頃からの記憶では、母は、父の女癖の悪さをあきらめているというより、父をいたずら好きの子供のように扱っていた節がある。そして、父も、母に子供っぽく振舞うことで巧みに母を懐柔している傾きがあった。

母が、訪れてきた女を居間に招き入れ、

「また、なにかしたんでしょう？　ごめんなさいね。あの人のただ一つの病気なんですよ、悪気は少しもない人なんですけどね」

と、年長者らしい物柔かさで女の訴えにうなずきながら、さりげなく金包みを女に手渡すのをかい間みたこともある。

「また、はじめましたね」

母がきつい目つきをすると、父はとぼけて二、三弁解めいたことを口にするが、母の眼に見すえられているうちに、いつの間にか畳に両手をついてしまう。その頭を母が小突きはじめると、父は、口もとに照れ笑いを浮べながら、一層頭を低く畳にすりつけるのだ。母が怒って、夜中に父を閉め出してしまったこともあった。父は、玄関の戸をたたき、庭へまわって雨戸をたたく。母の名を低い声で呼びながら、家のまわりをまわっている。それを母は、居間で茶をのみながらおかしそうに忍び笑いをしているのだ。

「変っているのよ、あんたの親たちは……」

妻は、さげすんだ口調でかれに言う。夫の情事をそんな風に扱うのは、母そのものがひどく古風なタイプの女であるからなのか、それとも生れつき潔癖感が欠けているためなのか。結局は許してしまう母の態度を利用して女遊びをつづけた父は、ただ狡猾であることを自ら証明しているだけではないかという。

そうした妻の通りいっぺんの批判に、圭吾は不愉快になる。父と母の生活は、たとえどのようなことがあったとしても、ともかく四十年以上もの間、一応の均衡を保ちながらつづけられてきたのは、それだけでも価値がある。父と母の少々風変りな駆け引きも、それはそれで夫婦の知恵にちがいなく、つまりはそれが父と母の幸せな生き方ではなかったのか。

「じゃ、私も、あんたのお母さんみたいに、えへらえへら笑っていろというの？」

気色ばんだ妻の表情に、かれは、やりきれない思いで口をつぐんでしまう。

自分は、父の子であるのに性格は全くちがっている。詮じつめれば、母のような女は父だからこそ作り上げることができたのだろうし、それは父そのものの反映でもある。到底自分たち夫婦には、父母たちの生き方は望めそうにもない。長い間父母の生活を見てきた眼からみると、自分の家庭の空気はいかにも固苦しく、そして冷たい。結婚した頃の妻は、それでも陽気なあっさりした女だった。それが神経を絶えずいらだたせるような女になってしまったのは、夫である自分の性格に原因があるのだろうか。

圭吾は、自由な生き方をしている父や弟に羨望に近いものを感じる。

父と弟は、女のことだけではなく金銭的にも似通っているところが多分にある。父には、これといって一貫した職業というものはなく、在学中の名簿にのせられていた保護者の職業欄も空白であったり、会社役員などと書かれたりしていた。家にいる時はいつも所在なげで、時折りあてもなさそうに外出したりするだけで、それでいて父は、天性の恵まれた才覚があるのか、資産もいつの間にか着実にふえていくようだった。

弟にも定まった職業といったものはない。建売り住宅に力を入れているかと思えば、広告業にも手を出している。繁華街に小さなレストランや喫茶店もいくつか持っているらしいが、それらは人にまかせていて、自分は車に乗って遊びまわっている。

父が女遊びやつかみ所のない仕事からはなれるようになったのは、脳溢血で倒れてからであった。療養に適しているというので、母の生れ故郷にちかい富士山の裾野に土地を買いもとめ、数寄屋風の家を建てて引き移った。

初めの頃、父母はその土地の生活に満足しているらしく、稀に訪れてみると若夫婦ででもあるかのような甘ささえ感じられる生活の中でひどく上機嫌にみえた。父の昔の浮気をたねに他愛ない痴話喧嘩をしたり、乱暴な言葉を投げあって花札を勢いよく打ち合ったりしている。通いでやってくる村の女に家事をまかせて、二人は、いつも同じ部屋で軽いさかいをしたり冗談を言いあったりしていた。

そうした生活の中で、電報を利用して圭吾たちを呼び寄せようとするようになったのは、やはり都会をはなれた生活の淋しさからなのだろう。チチキトクという電文を思いついたのも、いかにも父母らしいやり方に思えた。

夜が明けたのは、箱根を越えてからであった。車は少し雲のかかった富士山を右に国道を走り、富士宮市のはずれから灌木にふちどられた砂利道をのぼりつづけた。やがて、清流にかかった小さな石橋を渡ると、前方にひなびた村の家々の屋根がみえてきた。

車は、村道をたどって、ゆるい坂の中途でとまった。

圭吾は、くぐり戸から身を入れると門をあけ、車を中に導き入れた。そして、車から降りてきた弟と黙ったまま顔を見合わせ、苦笑した。

門の内部にはあわただしい気配はなく、屋根の瓦も庭の樹々も朝露にぬれて静まりかえっている。玄関に近づいて戸をあけてみたが、履物は一足もなく、きれいに水が打たれていて訪問客のきているらしい気配も感じられなかった。

圭吾が弟と敷台に上ると、廊下をわたってくる足音がして、母が顔を出した。

「危篤なんだって」

圭吾は、母の表情をうかがいながら半ばとぼけて言った。

「そうなんだよ、ひどい目まいがして、青くなって寝こんじゃったんだよ」

母は、顔をしかめると廊下を先に立って歩いた。

父は、部屋で向うむきに体を曲げて横になっていた。

「お父さん、圭吾と耕二がきましたよ」

母が枕もとに坐りながら言うと、ふとんがゆるやかに動いて、父がふとんの衿から顔だけこちらに向けた。ああ、ああ、と、父はうなずいた。

「どうです、御加減は……」

圭吾は、身を乗り出して父の顔をのぞきこんだ。

「目まいがして……」

父は、弱々しい声で言うと、眼をしばたたいた。が、その眼には子供に似たいたずらっぽい光が、かくしきれずに浮んでいた。

「頭がぼんやりするんですか」

父が、何度もうなずいた。口もとから顎にかけて、白い髭がうっすらとひろがっている。

「医者は、どうだって言いました？」

圭吾がきくと、父は母の方に眼を向けた。

「気をつけなくちゃいけないってさ。季節の変り目だからね」

母が、父に代って言った。

「なにか、体にさわるようなことをしたんじゃないの？」

弟が、もっともらしい表情で母の顔に眼を向けた。

「そうなんだよ、長湯をしすぎたんだ。お父さんは湯が一番の楽しみだろう、それで……」

母は、父をじっと見入るように見つめた。

圭吾は、口をつぐんだ。電報でかけつける度に感じる気配と全く同じで、心配することもないのだろうが、もしかすると、実際に父の体に異常が起っているのかも知れない。危篤というさしせまったものではなくとも、なにかの症状が起って、母一人きりの心細さから電報を打ってきたのだろうか。

横になっているせいか、父は少しやつれてみえる。母の顔にも沈鬱なかげりに似たものがただよっている。もしも、父の病状が悪化しているのだとしたら、近い親戚などにもあらかじめしらせておく必要があるし、妻にも子供を連れてすぐにでも見舞いにこさせねばならないだろう。

圭吾は、弟に目くばせすると廊下に出た。

「おそらく医者を呼んでなんかいないだろうけど、一応、電話してみてくれないか。まさか本当とも思えないがね」

弟はうなずくと、車のキイを手に玄関の外へ出て行った。

圭吾は、庭下駄をはいて柴折戸《しおりど》から門の方へ出てみた。一人きりで立っていると、現実に父の危篤で駈けつけてきているような気分になった。

自然に、父の死が思われた。長男として、通夜、葬儀、納骨と死にともなう手続きのほかに、それ以後の厄介な跡始末が、すべて自分の背にかかってくる。常識的に母は自分の家に引きとらねばならないのだろうが、母が妻とうまくゆく確率はきわめて少いといっていい。私立の老人ホームというのがあるというが、そんな所へあの母が行ってくれそうにも思えない。遺産は法律どおりに分割するのはよいとしても、この隠居所などは土地が土地だけに買い手がつくとは思えない。

かれは、品定めするような眼をして和風の建物や庭のたたずまいをながめていた。

しばらくすると、エンジンの音がして弟の車が門の中へ入ってきた。

弟は、苦笑してドアから出てくると、

「呼ばれませんとさ」

と、言った。

「仕様がねえな」

圭吾も苦笑しながら、それでも胸の中によどんでいた不安が消えていくのを意識した。

二人は、家に入ると、居間に行って腰を下ろした。弟の顔には、薄ら笑いがそのまま消えずに残っている。

母が入ってきて、テーブルのかたわらに坐ると茶道具をとり出した。

圭吾は、医師に電話をかけたことを口にしようか、すまいか迷っていた。父と母の芝居を、自分の口からぶちこわしてしまうのも酷な気がする。このまま気づかぬ風を装って黙っている方が、子としてのつとめかも知れぬ、と思った。

しかし、母の平静な表情をみているうちに、その落着きはらった態度を少し刺戟してみたい誘惑にかられてきた。

「医者は呼ばなかったんだろう？　母さん」

圭吾は、口もとをゆるめて言った。

「呼んださ」

母は、あっさりと答えた。

「でも、今、耕二に電話で病状をきかせたら、往診もしないって言ったそうだよ」

圭吾は、物柔かな眼を母に向けていたが、そんなことを口にしている自分が恥しくなった。母をうろたえさせ両親の仕組んだからくりをあばいてみたところで、なんの利益があるというのだろう。原因をたどってみれば、ひまがないという口実から自分たちが父母たちをごく稀にしか訪れないことから発している。その不満を口にすることのできない父と母は、ほかに手段もなく偽りの電報を打ってくるのである。

圭吾は顔を赤らめた。が、母の口から洩れた言葉に、思わず顔を上げた。

「そんなこと言ってたかい」

母の声には、動揺している気配はみじんもない。

かれは、呆れて母の顔を見つめた。

母は、表情も変えず茶をうまそうに飲むと菓子器をとり出し、

「小まんじゅうと言うんだ、おいしいよ」

と、圭吾たちの前に押しやった。

「母さん」

弟が、ためらいがちに口をひらいた。

「ぼくたちには仕事があるんだ。それを放り出してくるんだけど、キトクというのは縁起でもないからやめてくれないか。それに、本当の危篤の時、混同しちゃって困るじゃないか」

母は、少し怒ったように黙って庭の方に視線を向けている。

圭吾も弟も口をつぐんだ。庭には、盆栽好きの父の手でよく手入れされているらしい鉢が、露をふくんで棚の上に並べられている。

「きよ」

母を呼ぶ父の声が、きこえた。母は、飲みかけの茶碗をテーブルの上に置くと、妙に若々しいしぐさで居間を小走りに出て行った。

圭吾は、思わず弟と顔を見合わせて苦笑した。

「あの調子じゃ、おれたちが偽電報だからと言って来なくなれば、キトクという代りにチチシスともやりかねないぜ。童心にかえってママゴト遊びをしているのと同じなんだから……」

弟は、足を投げ出した。

圭吾は、畳に後ろ手をついて伸びをし仰向けに横になった。寝足りない体に、疲労が急に湧いてきた。

「モーニングをその度にもってくるのも億劫だし、女房のやつも嫁の身として持たせるのはいやだと言いやがるし……」

かれは、小さな欠伸《あくび》をすると眼鏡をはずして眼を閉じた。

「いっそモーニングをこの隠居所に置いておくかな」

かれは、つぶやくように言ったが、自分の口にした言葉の意味にぎくりとして眼をあけ、弟の顔に視線を向けた。が、弟は、煙草をとり出そうとしているらしく腰を浮かせて、しきりにズボンのポケットを手で探っていた。

星への旅

一

蟹《かに》の泡のつぶれるような低いつぶやきが、かたわらに坐っている男の口からもれていた。男は、ホロの間隙から外をうかがいつづけている。トラックは、幾何学模様を描いて組み合わされた鉄骨の下を、タイヤの音をひびかせて鉄橋を渡っている。白々とした河原が、下方の闇の底に沈んでいた。

男が、不意に立ち上ったのは、トラックが鉄橋を渡り終えてから間もなくだった。長身の体を折り曲げて荷台の奥に行くと、運転台との間にはめ込まれた鉄格子のついたガラス板を軽く叩いた。ガラス板のむこうで車内灯が淡くともり、三宅の顔が振向くのがみえ、同時にブレーキのかかる音がした。トラックは、道の片側に停車した。

男は、相変らず意味のわからぬつぶやきをもらしながら黄色いナップザックを手にすると、荷台の後部から無器用な動きで道路の上に降り立った。約束どおり下車するのか……

圭一は、頬のゆるむのを意識しながら、男の姿をホロの中から見つめていた。

助手席から、三宅が降りて荷台の後部にまわってきた。男は、三宅にぎごちない仕種《しぐさ》で無言のまま頭をさげるると、うつろな眼でしばらくあたりをながめまわしていたが、やがて道路ぞいにひろがった田の畦道におぼつかない足取りで踏み込んで行った。

夜空には、星の光がわずかに散り、かすかな明るみの下に水の張られた田が遠くまでひろがっている。そこからおびただしい蛙の鳴き声が重なり合ってきこえていた。

圭一は、男の肩に背負われたナップザックの黄色い色彩が、揺れながら夜の色の中に薄れてゆくのを見つめていた。

「わかった。すぐそこにレールが通っているんだ」

路上に立っている三宅が、ようやく納得がいったらしくつぶやいた。

一瞬、圭一は、冷たいものが背筋に走るのを意識しながら、男の進んでゆく方向に視線を向けた。たしかに田圃の彼方に土の盛り上りがみえ、その長々と伸びた方向には、遠く信号機のものらしい緑色の光点が闇の中にみずみずしい光を放っているのが眼にとまった。

「あいつ、鉄道をえらんでいたわけか」

眼鏡を指先でずり上げながら、望月が言った。

いつの間にか夜の色の中に融けこんでしまっていた男の体が、しばらくすると土手の上に黒々とした影を浮び上らせた。が、すぐに線路ぎわにうずくまったらしく、再び闇の中にその姿を没した。

蛙の声は、国道を大型車がタイヤの音をひびかせて通る度に勢いを弱める。が、その代りに遠くの田から湧いている無数の蛙の鳴き声が、近くの蛙の声を誘い出し、波濤のようにトラックの周囲を洗っていた。

「発車させたらどうなの」

ホロから首を突き出していた槙子が、苛立った声をあげた。

「そうはいかないんだ。一応、見さだめてやる約束なんだ」

三宅は、振向きもせず素気なく言った。

乗用車と定期便のトラックが、ヘッドライトをぎらつかせながら、トラックのかたわらを凄じい速さでかすめ過ぎてゆく。

「もう少し離れた所に車を移そうや。ここに車をとめていちゃ、人目についてまずいよ」

運転台から太った体を乗り出していた有川が、嗄れ声で言った。

三宅は、黙ったままうなずいた。

トラックは、三宅一人を残して四、五十メートル徐行し、道路ぞいに大きく枝葉をひろげた樹木の下に停車した。いつの間にか三宅は、畦道に入りこんでしまったらしく、路上に人の影はなかった。

圭一たちは、荷台の後部から眼を線路の方向に向けていた。近くに人家の灯はみえず、蛙の単調な鳴き声と国道を通り過ぎる車のエンジンの音だけがあたりにひろがっているだけであった。

圭一は、乾いた唇をしきりに舐めつづけていた。

「来た」

どれほどたった頃か、槙子のかすれた声が低くもれた。

かすかな光が、夜の色の中に湧いていた。光が明滅しているのは、列車が鉄橋を渡っているためで、組み合わされた鉄骨のつらなりが次から次へほの明るく浮き出ている。

点状の光が、おもむろに光度を増してきた。レールは、鉄橋から弧を描いて伸びてきているらしく、光が少しずつ横に動くと、樹木や電柱が浮び上っては消えている。

光の輪が大きくなった。線路ぎわの田にも光が走り、それが光の裾をひろげて近づいてきた。レールを鳴らす車輪の音もつたわってきた。

信号機の下を、列車の先端が通過した。赤く染まった煙がながれ、その後に黒く長々とつづいた貨車の列を圭一は見た。

圭一は、口中の乾きを意識しながら、男のうずくまっている地点と光との距離が急速にちぢまっていくのを眼ではかっていた。まさかやることはないだろうという意識と、やるにきまっているのだという意識とが、胸の中で交錯し合っていた。

突然、鋭い警笛とブレーキ音が、圭一の鼓膜に突き刺さってきた。同時に、機関車の車体の下から、制動器と車輪の摩擦し合う火花がふき出るのがみえた。

貨車の列は、すさまじい音響を発する装置に化していた。不意の停車の衝撃が連結器につたわり、それがはね返って逆行し、次に押し寄せてくる波とぶつかり合う金属音があたりの空気を引き裂いた。

車輛の列を前後に痙攣させながら、列車は、ようやく動きをとめた。男のうずくまっていたあたりをかなり通り過ぎた地点だった。

三宅が道路の端を駈けてきた。

「見たか、あいつ、レールの上に這いあがって仰向きに寝やがった」

闇の中の三宅の顔は、白っぽくこわばってみえた。

列車の前部と後部とから、懐中電灯らしい光が湧いていた。それは、車体の下をさぐっているらしく、車輪が時折り明るく浮び上っている。

やがて、前部から動いていた光が、ある貨車の下で動かなくなると、すぐに上方にかざされて輪を描き、後部から移動していた光が、土手の上をゆれながら急ぐのがみえた。

光が合流し、一個の車輪が明るく照らし出された。

蛙の鳴き声は、しばらくの間絶えていたが、遠くから再び遠慮がちに湧いてくるとまたたく間にあたり一帯にひろがった。

「さ、出発だ」

三宅が、落着きをとりもどした声で言いながら、助手台のドアをあけた。が、トラックは珍しく何度もノッキングを起し、ハンドルをにぎっている有川の心の動揺が、そのまま圭一の胸にもつたわってきた。

圭一たちは、動きはじめたトラックのホロの間から、懐中電灯の光が、夜の色の中を徐々に後退してゆくのを見つめていた。機関車から時々大きく息つくように、ほの赤く染まった煙の立ち昇るのが、長い間眼に映っていた。

圭一は、体がかたくこわばっているのに気づいて、夜気を深く吸うとホロのアングルにもたれかかった。冷たい汗が体中に流れ、口の中はひりついて乾いていた。

荷台の中に、むろん男の姿は消えている。今までかたわらに坐っていた男の体が、すでに肉塊と骨片だけになって四散してしまっていることが、圭一には不思議でならなかった。人間のしがみついている生命は意外なほどもろく、死は、軽い挨拶のように容易に訪れてくるものなのだろうか。

ふと、圭一は、か細い泣き声がホロの中を流れているのに気づいた。荷台の奥の暗がりで、揃いの白いワンピースを着た女たちが身を寄せ合っている。すすり泣いているのは、年上の娘の方らしく、泣き声には、死に対するおののきが露わにむき出されていた。

「うるさいわね。泣いたりするなら、いい加減に降りたらどうなのさ」

槙子が、冷ややかな眼をして舌打ちした。が、娘の泣き声は、槙子の声を無視して同じ調子でつづいている。

荷台の奥に坐っている彼女たちには、二人だけの世界が形づくられ、圭一たちとの間には、厚い壁が立ちはだかっている。ナップザックを手に線路の方へ消えて行った男も、孤独なせまい隔壁の中に閉じこもっていたのだ。

いわば、二人の女も男もトラックの単なる同乗者で、圭一たちには気心も素姓もわからない全くの他人であった。それも、圭一たちを不快がらせ神経を苛立たせる他人であったのだ。

かれらを初めて眼にしたのは、一昨夜、トラックが東京を出発する少し前だった。かれらは、定刻よりかなり前から来ていたらしく、すでに荷台の中に身をひそませていた。

圭一たちの計画では、むろん、自分たちだけで出立する予定であった。それが、出発日の二日前に、三宅から三人の参加申込者があることを告げられた。三宅が籍をおく画学塾の顔見知りの者たちだ、という。

圭一たちは、不機嫌になった。自分たち仲間だけでくわだてた計画を、リーダーである三宅がその内容を外部にもらしたことに不服だったし、さらに未知の者たちが旅にくわってくることなど論外とも思えた。が、三人の参加申込者の旅の目的が、結果的には圭一たちと全く同一であり、その上、かれらが途中で下車してそれぞれに別個の行動をとる条件だということを知らされると、圭一たちには参加申込みをこばむ積極的な理由は見出せなかった。それに、トラックのガソリン代とオイル代の経費を分担する額が、一人でも多くの参加者があればそれだけ軽減されることも確かだった。

圭一たちは、結局、かれらの申し出を受けいれることになったわけだが、かれらを現実に眼にした瞬間から、かれらが自分たちとは別種の世界に住む男女たちであることを知らされた。

初めに荷台に入り込んだ圭一は、ホロのアングルにもたれている長身の男に、「よろしく」と気軽に挨拶を送ったが、驚いたことに男からはなんの応えも返ってはこず、顔さえ動かすこともしなかった。圭一は、途惑いをおぼえて思わず苦笑したが、やがて、その男の異常さに気がつきはじめた。

男の血の色の乏しい頬には、絶えず冷ややかな笑みが浮んでいる。金属製の容器から、アルコールの匂いのする脱脂綿を取り出しては、小止みなく指先を拭きつづけている。手首からはじまって指に移ると、甲から掌へと、脱脂綿の動きは目まぐるしく一定の筋道をたどってくりかえされる。それが十数回もつづけられると、かれは、脱脂綿を容器の中にもどして、指先で虫眼鏡のような環をつくるとホロの天井を熱心にうかがいはじめた。その表情には、指のレンズの奥に、華麗な対象でものぞきみている恍惚とした色が濃く浮び出ていた。

荷台の奥の暗がりには、二人の女が身を寄せ合って坐っていた。一人は、十六、七歳の浅黒い顔をした少女で、他の一人は、少女より二、三歳上らしい色白の娘だった。娘は、頭部を少女の胸や膝に押しつけていることが多く、頭髪は、少女の手で絶え間なく愛撫されていた。彼女たちは、小用をするのも一緒で、夜も一つの毛布の中で抱き合って寝ているらしく、時折りすすり泣きとも忍び笑いともつかぬ声が、かすかな気配になってもれてきていた。

槙子は、女たちの存在をひどく不快がっていた。同性の身として彼女たちのかもし出す異常な雰囲気に、堪えがたい嫌悪と羞恥をおぼえているようだった。

圭一たちは、憂鬱そうに顔をしかめていた。男の果しない指先の動きと、アルコールの揮発する刺戟的な匂いにすっかり神経を苛立たせ、女たちの発散する甘酸っぱい妙な気配に疲労感をおぼえていた。

「もう少しの辛抱だよ」

三宅は、圭一たちが不服をもらしても、他人事《ひと》のように笑って取り合わなかった。

圭一たちは、鬱屈した気分を晴らすためドライブインに入ると、ミュージックボックスを鳴らしつづけたり、丼や灰皿をいくつも懐中に忍ばせては持ち出し、走るトラックの上から路上に思いきり叩きつけたりした。荷台の中は、事実上、三人の未知の男女によって占められているようなものだった。仕方なく圭一たちは、口数も少く、トラックの中でだらしなく寝転がっていた。ただ、圭一たちの願いは、かれらが一刻も早く下車してくれることだけであった。

それだけに、男が約束どおり下車して姿を消してくれたことは、圭一たちの気分を幾分軽くしてくれた。だが同時に、荷台の奥に身を寄せ合っている女二人の存在が、今までよりも一層わずらわしいものとして意識された。

「昆虫みたいな顔をしたやつだったな」

圭一が口を開いたのをきっかけに、槙子も望月も、男のことをあけすけに批評しはじめた。かれらは、笑い合いながらにぎやかな会話をかわし合った。いつの間にか、かれらの間には、男の死に対する衝撃も薄らいでいた。

二

圭一が三宅たちと知り合ったのは三カ月ほど前のことで、駅のフォームの線路ぎわに躑躅《つつじ》の花叢《はなむら》が華やかな色をひろげていたのをはっきりと記憶している。

その頃、かれは、朝、家を出て駅に行っても、電車が乗客でふくれ上っているのを眼にすると車内に身を入れる気持も失われて、それきり予備校への通学をあきらめてしまうのが常であった。あてもなく電車やバスに乗って見知らぬ街をさまよってみたり、公園のベンチでうつらうつらと仮睡をむさぼったりしていた。

三宅を知ったのは、電車に乗りおくれ、放心した眼で駅のベンチに坐ってフォームの殺気立った混雑をながめていた時だった。

「今日も乗りそこないましたね」

声をかけられて、圭一は、スケッチブックを手に立っている若い男の顔を見上げた。

今日も……という言葉に、圭一は、自分一人だけの秘事をのぞきみられた羞恥とその未知の男に対する警戒心をいだいた。

男は、無造作に圭一の隣に腰を下ろすと、圭一の存在も忘れたように所在なげにフォームをながめはじめた。かれは、気づまりをおぼえたが、ベンチから立ち上ることもなぜか億劫で、そのまま身じろぎせず坐りつづけていた。

フォームの混雑がようやくしずまりかけた頃、男は、大儀そうに腰を上げると、

「これから、どこかへ行くあてがあるんですか」

と、圭一を見下ろしながら素気ない口調で言った。

「いいえ、別に……」

反射的に、圭一の口から声がもれた。

男の顔に、奇妙なやわらぎがかすかに湧いた。それは、親しみとなにか悲しみをたたえた微笑だった。

「それじゃ、僕と来ませんか」

男は、圭一をうながすと、フォームに滑りこんできた電車のドアに足を向けた。

圭一は、意志を失ったように男の後ろから電車の中に身を入れた。男は、吊革をつかんで車内の広告をうつろな眼で見上げていた。

男が電車から降りたのは、三つ先の駅だった。男は、フォームの端の方へ歩くと、雨ざらしのベンチに近寄って行った。そこには、十八、九歳の少女と眼鏡をかけた小柄な少年が、ベンチの背にもたれて坐っていた。

「やあ」

「やあ」

かれらは男に軽い挨拶をすると、圭一と男のために腰をずらせて坐る場所をつくってくれた。

圭一は、場ちがいな息苦しさを感じて、誘われるままについてきてしまったことを悔いたが、しばらくたつと、ベンチに坐っていることに妙な気分のくつろぎをおぼえはじめていた。かれらは、ほとんど口もきかず圭一の存在にも特別の関心はないらしく、やがてやってきた仲間の一人らしいひどく太った若い男にも、ただ軽い受け応えをしただけで、思い思いにあたりを黙ったままながめているだけであった。

正午近くなって、かれらは誰からともなく腰を上げた。が、それからはじまったかれらの行動は、思わず圭一を苦笑させずにはおかなかった。なぜかと言えば、あてもなく電車に乗って環状線を一巡してみたり、小さな喫茶店でテレビの映像を漫然と見上げたり居眠りをしたり、要するにそれらは、自分が日常繰返していた生活そのものだったからだ。

その日を境に、圭一は、かれらとともに時間を過すようになった。予備校へもほとんど足を向けることもなく、毎朝かれらの寄り集っている駅に出向くことを日課としはじめた。時折りかれらのうつろな眼に、かすかな翳《かげ》りのような悲しみをたたえた色がかすめ過ぎることにも、かれはいつの間にか気づいていた。

三宅は画塾に、槙子は美容学校に、有川は予備校に、望月は定時制高校にとそれぞれ籍をおいてはいたが、ほとんど出席する気配もなく、ただかれらの最大の関心事は時間の経過だけで、時計の針の動きをひんぱんに見つめるのがかれらの共通した習性になっていた。つまり、かれらは、圭一と同じように全くなにもすることがなく、それがかれらの表情に時に物悲しい色をかげらせるにちがいなかった。

圭一の胸にいつの間にか根を下ろした物憂い倦怠感は、やはり家庭の性格と切りはなして考えることはできない。大学教授として人類学の研究をしている父は、家に帰ってきてもそのまま書斎に閉じこもっていたし、家つきの娘である母も、さまざまな稽古事に外出しがちで、そのため圭一は、広い邸の中に放置されていた。両親と顔を合わせるのは食事時だけで、それもしばしば父か母かまたは二人とも姿をみせず、ただ一人で食事をすることも稀ではなかった。だが、それでも圭一は、そうした環境の中から、少年らしいやり方で孤独な楽しみを探り出していた。

小学校に通っていた頃のかれは、小動物ことに昆虫との交渉に熱中しつづけた。それらの形態、色彩そして動きが、かれにはこの上なく精妙で瀟洒な創造物のように思え、それらをもてあそぶことにかぎりない愉悦をおぼえていた。

家は都心にあったが、塀越しに広大な墓地が隣接していることが、かれの幼い趣味をつちかった。そこには生い繁った樹木と、四季に応じて芳香を放つ花々がひらき、それらを慕って多くの昆虫がむらがり集ってきていた。圭一は、捕虫網を手にそれらを手当りしだいに捕えて歩き、蜻蛉《とんぼ》の複眼を宝石のように小箱に蒐集《しゅうしゅう》したり、テントウ虫をつらねてネックレスを作ってみたり、蜘蛛《くも》を飼って小さな昆虫をその網にかけ、たちまちそれらが蜘蛛の脚で繭のように回転させられるのを見つめたりしていた。

やがて、中学校にはいる頃になると、圭一の関心は昆虫からはなれ、模型作りに集中された。初めは、航空機・船舶・列車などの個体組立てに熱中したが、それらにも飽きると一年がかりで模型都市の建設に着手した。まず、樹木の生いしげった丘陵がつくられ、その下方に住宅街、商店街、工場地帯とつぎつぎに市街がその形態をととのえ、さらに、港の構築へと発展していった。造船所、埠頭、石油タンク群、鉄道の引込み線などが海岸線をふちどり、湾には大小さまざまな船舶が浮べられた。

完成すると、圭一は、夜ひそかに電灯を消し、部屋の半ば近くの空間を占めた模型都市に灯を入れる。闇の中に港町のきらびやかな夜景が、生き生きと美しく俯瞰され、湾口の灯台は光の矢を回転させ、浮灯台も光の点滅をくりかえしていた。

だが、高等学校に進学する頃になると、圭一は、そうした少年期をいろどる空想的な世界とのつき合いにも飽いた。大人としての生活を準備する年齢的な季節がやってきて、それが周囲にひどく切迫した空気をつくり上げていた。

圭一も、追い立てられるような焦りをおぼえて、そうした空気の渦の中に巻き込まれていった。学業がかれの生活のすべてになり、夜おそくまで机にかじりついていた。

受験期がやってきて、かなりの自信をもって目標にしていた大学の入学試験を受けた。が、それは期待に反して失敗におわり、来年再び同じ大学を受験することにきめて予備校に通いはじめた。

執拗な倦怠感にとらえられたのは、それから二ヵ月ほどたった頃であった。それは、極端な言い方をすれば、不意にかれを訪れたものといってよかった。

その日、圭一は、学校からの帰途、暮れはじめた夕空に点滅をはじめたネオンの色を見上げてたたずんだ。その瞬間、自分の体をおそった奇妙な感覚を今でも鮮やかに記憶している。それは、体が晩春の夕空に浮上してゆくような、内部に満ちていたものが跡形もなく気化してまたたく間に自分の体が一つの形骸に化してゆくうつろな気分であった。

その時を境にして、圭一の視覚に映じる世界は一変した。人々も街々もすべて無機質の色褪せたものに化し、その風景の中で自分にはなにもすることがないのだという堪えきれぬ無力感が胸に食い入り、いつの間にか手足を動かすことも億劫に感じられ、感情を動かされることもほとんど縁のないものになってしまった。

一日一日が、ただ意味もなく流れた。朝、駅に足を向ける。稀に電車の中に体を入れて予備校に行っても、かれは、窓の外ばかりながめている。二、三時間そこで過すと、漫然と映画館へ入ってみたり喫茶店で長い間腰掛けたりしていて、夜になると、ただ睡眠をとることだけの目的で家に足を向ける。

そうした無気力な生活の中で、三宅たちのグループの者たちと知り合ったことは、かれにとって一つの救いになった。第一、持てあましている時間の経過を、自分一人だけで堪えずにすむことだけでも、どれほど心の安らぎをおぼえたか知れなかった。それに、三宅たちが決して倦怠感となれ合っているわけではないことも、圭一にほのかな明るみをあたえてくれた。それどころか、かれらは、過去にかなり積極的にかれらの体に巣食った無力感を追い出そうと努力してきたことも知った。パジャマパーティーという催しをくわだてたり、一戸の家を借りて共同生活をしてみたり、さまざまなことを試みて、かれらはかれらなりに刺戟をもとめてきたらしい。それらは長続きすることもなく終ったようだが、今でもかれらは、折にふれては刺戟的な提案を飽きる風もなく口にしつづけている。

有川の口癖は、「戦争でもおっぱじまらねえかな」ということで、かれの観測によれば戦争の発生は目前のことで、その発端はアジア地区にあって日本でもクーデターが起り、戦争の渦中にかれらも積極的に参加させられることになるのだという。戦争は、壮大な破壊であるにちがいはないが、破壊こそ人間社会の進化を推しすすめてきた原動力であることを考えれば、その破壊行為に自分はすすんで参加する意義を感じる……と、力説するのだ。

槙子は、美容整形に関心をいだいていた。すでに眼は二重瞼にしていて、歯列も口もとをあらためるために前歯だけ義歯を使っていたが、ただ鼻梁だけは、従姉が惨めな失敗をしたということで手をつけずにいた。彼女に言わせれば、整形手術の後、変化した自分の顔を鏡の中に見出す時の異様な興奮は、忘れがたいほど強烈なものだという。彼女の理想は、自分の顔を原型をとどめぬまでに整形をくわえ、知人たちにも気づかれぬ自分の過去と全く絶縁した新しい顔を持ちたいということだった。

望月の口にすることといえば、結論的には阿片の吸煙に尽きていた。かれにとって、それは地球が生んだ最も価値のある傑作であり、かぎられた人間の生きている時間を抽象的な形で無限に引き伸ばすことのできる唯一のものであるというのだ。阿片の吸煙に一生を過すためには、まずまとまった金銭をつかむ必要があるということから、金庫破りを空想する。コンクリートを溶かす薬品、音のしない爆発物……それらをさぐるために、大学の化学部門にすすむのだと真剣な表情で言う。

三宅は、人を集めて組織化することばかり考えている。宗教的なものであろうと趣味的なものであろうと、それはなんでもいいらしい。圭一たちと交渉を持ち、自然とリーダーという立場にあるのも、その考え方の一つのあらわれともみられる。すでにその傾向は色濃くあらわれているが、人間社会は組織化された集団によって左右されていて、やがては、個としての人間は完全に無意味なものになるという。そこには、ただ数というものだけが残されて、個人としての存在価値は全く消滅してしまうというのだ。

かれらは、こんな風にそれぞれに異なった意見をいだいて、時折り思いついたように倦怠感を追いはらおうと突飛な企てを口にし合っていた。女をさらって共有の玩弄物にしようとか、集団強盗をしてみようとか、一風変った提案もなされていたが、その度に愚かしい気分が支配していつの間にか立ち消えになってしまうのが常であった。その後のかれらの表情には悲しみをふくんだ色が濃くただよい、一層深い沈黙の中にしずんでいった。

だが、旅立ちのことを望月が口にした時は、いつもとは全く異なっていた。その企てを、望月は、「死んじゃおうか」という投げやりな言葉で表現したのだ。

圭一は、唐突なその言葉に、一瞬、背筋のかたく凍りつくのをおぼえ望月の顔に視線をすえていた。同時に、かれは自分の周囲にひろがった静寂に気づいて、仲間たちの顔に視線を走らせた。かれらは、一様に口をつぐんでいた。表情はこわばり、眼には凝固した光がはりつめていた。その顔に変に弱々しい苦笑が浮びはじめ、困惑しきった表情で互いに視線をそらせ合っているのを、かれはうろたえ気味に盗み見ていた。

その折の奇妙な沈黙を、圭一は今もありありと思い起すことができる。ある思いもかけない熱っぽいものが、かれらを支配しはじめていたのだ。その中で、最年少の望月だけが、自分の思いつきで口にした言葉に仲間たちが大きく心を動かされているらしいのに気づいて、眼鏡の奥の眼を嬉しそうに輝かせていた。

翌日、かれらは、少し変っていた。上気した眼をして陽気に笑うかと思うと、不意に黙りこんだりしていた。仲間たちの間に、今までにはなかった得体の知れぬ活気が流れはじめていることはたしかだった。

「死んじゃおうか」

なにかの拍子に、一人が、望月の声音をまねて言うと、かれらははじけるような笑い声をあげた。かれらの顔には、今まで見せたこともない若々しい表情があらわれていた。

視覚に映じてくるものが、その姿を変えてきているのに圭一も気づいていた。褪せた色に塗りつぶされた四囲が、色絵ガラスの細工物に似た光と色彩に満ちあふれた、ひどくみずみずしいものとして意識された。

三宅が、一年ほど前に大阪で起った二人の小学生の死を口ごもりながら圭一たちに話してくれた。その小学生たちは、夜おそくしめし合わせてそれぞれに家を脱け出すと、近くの神社の林の中で並んで縊死《いし》したという。少年らしい深夜の突飛な遊びから過って死を招いたのか、それとも擬装された他殺なのかという意見も出されたが、二人の少年の教科書の余白に、面倒だから死ぬという意味の文字が書きこまれていたことから、自殺と断定された。しかし、その死のはっきりとした理由については、今もってわからないという。

さらに三宅は、日中戦争のはじまる寸前に自殺を目的とする宗教団体が存在していたという話もした。その団体では、仏教の「不惜身命《ふしゃくしんみょう》」という言葉を死の意味にむすびつけ、信者たちは黒衣をまとい人気のとぼしい場所で集会を持ち、互いに「死のう、死のう」と声をかけ合い、事実、多くの若い男女が集団的に命を絶ったという。やがて、その団体は治安を乱すものとして検挙され潰滅したが、末期には全国的なかなりの組織にもなっていたという。

圭一たちは黙ってきいていたが、圭一は、かれなりにそのはっきりとした動機もないらしい死の意味を、なんとなく理解できるような気がしていた。

旅立ちが、いつの間にか自然の成行きのように圭一たちの間で決定され、三宅を中心にしてその内容が入念に組み立てられていった。初めの頃感じられた死に対する悲壮感は徐々に影をうすめ、かれらは、死という言葉を陽気にもてあそびながら旅の企てを熱心に検討し合った。

旅の目的地は、簡単に北国の海辺ときまり、地図の上で、圭一たちは小さな漁村を探し出した。初めの計画では、列車で東京を出発し国鉄バスに乗りついでその村に到達する予定を立てていたが、急にトラックでの旅に変更になったのは、運送会社を経営する父を持つ有川の提案だった。大型二種の免許証を持つかれがハンドルをにぎり、トラックは、会社のものをひそかに引き出してくるというのだ。

　圭一たちは、新たに自動車専用地図を買いもとめて、コースの研究に熱中した。

　出発当日、有川は、ホロつきのトラックを引き出すことに成功し、ガソリンを入れたドラム缶、毛布、食糧等が荷台に積みこまれた。

　かれらは、定時に出発した。

　自慢していただけあって有川の運転は危なげなく、トラックはあらかじめ組み立てられた日程どおりに北へ北へと走った。

　……その夜も、トラックは、ほとんど一時間のずれもなく国道からわずかに入った川ぞいの温泉町にたどりついた。かれらは、大きな旅館の近くでトラックをとめると、入湯料をはらって湯槽《ゆぶね》につかった。三宅と有川は、安全剃刀でほとんど生えてもいない顎のひげに大人びた仕種《しぐさ》で刃をあて、圭一は頭を洗った。タイル張りの思いがけないほど大きな風呂で、早速、望月が、亀を裏返しにしたような奇異な恰好で湯の中を泳いでみせた。

　幼い頃、ガソリンカーに轢《ひ》かれて関節がくだけ癒着してしまっている望月の片足は、膝から下の成育がそのままとまって短くゆがんではいたが、背泳ぎに似たその泳ぎはひどく巧みで、両手と片足をせわしなく動かしながら湯槽のふちにそって円形に泳ぎつづけている。眼鏡をはずした白けた顔には、真剣さがあふれ、その動きにはゼンマイ仕掛けの玩具に似た一定の速さがあった。

三宅と有川が、笑いながらしきりに望月をけしかけた。圭一は、その奇怪な泳ぎに苦笑しながらも、身体的な欠陥を故意に露出させている望月の姿に心の冷えるのをおぼえていた。

湯からあがると、しばらくして槙子も旅館から出てきた。頭を洗ったらしく濡れた短い髪が頭部にはりつき、その顔を一層小造りなものにみせていた。湯につかったことが女らしさを誘い出すのか、体の線も柔かそうにみえ、表情も妙に取り澄ましていた。

「槙子っていい女だな。一度でいいから寝てみてえや」

有川が、太い首をすくめた。

「いやらしいわね。ひっぱたくわよ」

槙子は、険しい目つきで有川を見すえると、小走りにトラックの方へ歩いて行った。

圭一たちは、薄笑いしながら荷台の中へ這い上った。ホロの奥では、二人の女たちが相変らず毛布をかけて寝ころび、化粧品の饐《す》えた匂いを荷台の中に発散させていた。

トラックが、砂利道を揺れながら走り出した。

「槙子さんは、好きな人がいるのかい」

望月が、微笑しながら槙子の顔をのぞき込んだ。

「今はいないわ。でも、男なんて、臆病でずるくて大嫌いよ」

槙子は、冷淡な口調で言うと顔をそむけた。

圭一は、ホロの外に視線を向けていた。有川からきいた話では、槙子は二度も掻爬《そうは》した経験があるという。まだ二十歳にも満たない槙子の体がそうした痛手を負っていることに、圭一は堪えがたい物悲しさをおぼえた。

トラックが、渓流にかかった石橋を渡った。圭一は、槙子の肌から匂い出る湯の香を身近に感じながら、遠くなってゆく温泉町の灯をながめていた。

三

二人の女が降りる身仕度をはじめたのは、翌朝、トラックが走り出して間もなくだった。トラックは国道からかなり県道に入っていて、いつの間にか山間部の起伏した道を屈折しながら進んでいた。夜半からの雨が車体を洗い、ホロを重く濡れさせていた。

女たちは、スーツケースを下げて荷台の奥から立ってくると、細かい雨の落ちている山路に降り立った。年上の娘の方はかなり疲労しているらしく、顔に血の色はとぼしく、細い鼻梁もうそ寒そうに骨ばってみえた。

「お世話になりました」

歯列の反った浅黒い少女が三宅に頭をさげ、その後ろに立っている年上の娘も無言でそれにならい、荷台の中の圭一たちにも頭をさげた。

「薬ででもやるのかい」

三宅が、事務的な口調でたずねた。

少女は、曖昧な微笑をしかけたが、年上の娘を振返ると、

「さ、行こう」

と、素気ない声をかけた。

少女が先に、二人は、雨の中を前後して歩き出した。道の片側はゆるい傾斜になっていて、かなり密度の濃い雑木林がひろがっている。少女が林の中に足を踏み入れ、年上の娘がおぼつかない足取りでその後を追ってゆく。足を早めて登ってゆく少女の体にくらべて、白いハイヒールをはいた娘の体は、今にも崩折れそうに腰を曲げていた。

「年下の女の方が、男役か。なんだか逆みたいだな」

望月が、雨に濡れた樹幹の間を縫ってのぼってゆく女たちの後ろ姿を見送りながら言った。

女たちの衣服の白さが、やがて緑の色の中にうずもれると、三宅が煙草を取り出してマッチをすった。雨は小降りになって、あたりが明るくなりはじめている。雑木林の中にも時々風がわたるのか樹々の梢が一斉にゆれ、その度に樹葉からふり落される雨雫《あめしずく》の音が林の中に満ちた。

「見さだめてやるのかい」

有川が、運転台から顔を突き出して、三宅に不機嫌そうな声をかけた。

「そんな必要ないよ、三宅さん。あいつら、人気のない所で長い間抱き合ったり泣いたりするんだろうから、きりがないぜ」

望月が、分別くさい表情で言った。

三宅は、黙ったままうなずくと煙草を捨て、助手席に勢いよく身を入れた。トラックが、雨水に洗われた砂礫の浮き出た路を、ホロをゆれさせながら動き出した。

「ああ、せいせいした」

槙子が、思いきり伸びをし両手を上げた。

圭一と望月は、顔を見合わせて笑った。

陽がまばゆく射してきて、路の両側からさしかけてきている樹々の葉がみずみずしく輝きはじめた。時折りせり出した枝葉がホロの外側を音を立てて薙ぎ、水滴が圭一たちの体にふりかかったりした。

「ちがうんだよな、あいつらとはさ」

望月が、口もとを不快そうにゆがめて言った。

「脳のこわれているやつと性倒錯者だもの、おれたちとは、まるっきり縁のないやつらなんだ。トラックに乗せたのがまちがいさ。おれたちの旅はちがうんだもの、そうだろう？」

望月は、圭一の顔に眼鏡を近々と寄せて言った。その厚いレンズに、雨滴に濡れ光った緻密な樹葉の影が、目まぐるしくうごきながら凝集されて映っていた。

圭一たちの気分は、自然に浮き立ってきた。荷台が大きくゆれて体がはね上る度に、圭一たちは大袈裟に荷台の中に倒れて咽喉《のど》を鳴らしながら笑い合った。

はしゃいだ声が運転台にもつたわったのか、おどけたようにホーンが断続して鳴り、トラックの運転も急に荒々しくなった。スピードも増して、変化に富んだ風光がつぎつぎに現われては消えていった。

細い滝のかかっている渓流が、ほとんど蛇行している山路と平行に走っている。深い峡谷に架けられた吊橋式の橋も渡った。なだらかな熊笹の生い繁った高原を進むかとみると、屹立した岩肌につつまれた谷あいの路を通りぬけることもあった。その間に、苔や雑草をのせた藁葺《わらぶき》屋根のつらなるいくつかの村落が点綴《てんてい》されていた。

トラックは、激しくゆれながら屈折した道を走りつづけた。

トラックが不意に停止したのは、午後もかなりまわってからであった。

運転台からのはずんだ声に、圭一たちは荷台の後部から顔を突き出し、トラックの前方に眼を向けた。

「海だ」

期せずして、甲高い声が同時に洩れた。

視野が広くひらけていて、起伏しながら傾斜している丘陵の背の下方に、紺青色の水のひろがりがみえる。その海の色は、夏の陽光をまばゆく反射し、水平線に量感をはらんでふくれ上ってみえた。

「あの海なの？」

槙子が、浮き立つような声で言った。

「そうだ、あと三十分ばかりだ」

三宅の声が、反射的にもどってきた。

圭一は、無言のまま北国の海らしい冴えた水の輝きを見つめた。旅をくわだて、その計画どおりに旅をつづけ、現実に目的の海を眼の前にしていることが、感慨深く思えた。が、同時に、仲間たちが、実際にあの海で死を実行するのかどうか、かすかな疑念も湧いてきた。それにしては、かれらは余りにも陽気すぎる。気紛れなかれらは、死という刺戟的な言葉を利用して集団旅行を試みただけのことではないのか。かれらと交渉を持ってからまだ日も浅い圭一には、正直のところ、かれらの実体はつかめないでいる。だが、それはそれとして、グループの者たちと旅をし積極的にこの地点に到達できたことは、それだけでも十分に意味がある。今までこれほど一つの行為に自分自身を没入できたことがあっただろうか。

望月と有川が、畠に入りこんで玉蜀黍《とうもろこし》をもいでいる。開墾地でもあるのか、疎林の所々に白茶けた耕地がひらかれている。

「出掛けるぞ」

三宅の声に、望月と有川がうろたえたように駈けもどってきた。

玉蜀黍が荷台に投げこまれ、望月がホロの中に這い上ると、トラックが勢いよく動き出した。砂埃が舞い上り、トラックは、ひどくゆれながら丘の傾斜を下りはじめた。早速、望月が玉蜀黍の皮をはぎはじめたが、十本近い玉蜀黍はまだ実が熟していず、望月は、腹立たしげにトラックの外に一本残らず投げ捨ててしまった。

トラックは、曲りくねった林の中の道に入り、海の色は見えなくなった。しかし、道は確実に下りつづけていて、まちがいなく海岸線に到達できる唯一の道であるにちがいなかった。

どれほどたった頃だったろうか。急なカーブの坂を下りると、トラックのタイヤが短い古びた木橋の橋桁を鳴らしてはずんだ。同時に、トラックは、急ブレーキをかけて停止した。

圭一たちは、ホロの中で体の均衡を保つために、あわててホロのアングルにしがみついた。ホロの間隙から外をうかがうと、眼とほとんど水平の位置に青い水のゆったりとしたひろがりが眼に映った。

「着いた、着いた」

望月が、はしゃぎ出した。道は、T字型に行きどまりになっていて眼の前に波の寄せる砂浜がのびている。

圭一は、自分の体が濃い潮の匂いにつつみこまれているのを意識しながら、海岸ぞいにつらなった家並に眼を向けた。山の傾斜が背後にのしかかっていて、村落の家々は海岸線に一列にへばりつき、今にも海の中に落ちこぼれそうな不安定さで並んでいる。潮風に絶えずさらされているためなのか、低い板張りの家々は、一様に干柿の粉にでもまぶされたように白くささくれ立ち、屋根の勾配にのせられた石塊までもすべて白い。

トラックは、駐車に適当な場所をもとめて村落の中の道に入りこんだ。が、二百メートルも進むと家並は呆気なく尽きて、道は再び山の傾斜の暗い樹林の中へのぼっている。せまい土地にいとなまれた村落に、駐車に適した空地などあるはずもなかったのだ。

有川は、トラックを反転させようと試みたが、せまい道幅は、トラックの車体の長さを自由にはしてくれなかった。やむなくトラックは、後退をつづけてまた村落の中にはいりこんだが、海岸線の屈曲にしたがって道がつくられているため、家の庇《ひさし》がホロすれすれにせまったりタイヤが家の礎石に乗り上げたりして、その度にガソリンの煙が砂埃とともに軒を並べた家々に吹きつけられた。いつの間にか、暗い眼をした人々の顔が重なり合って圭一たちを見上げている。それらは、ほとんど老人や女や子供たちばかりで、村落の狭さに比して不釣合いなほどのかなりの人の数であった。

有川は、運転台から半身を突き出し、三宅は、路上で声をからしながらトラックの後退を誘導しつづけている。二人の眼は血走り、顔には汗と砂埃がしみついていた。

ようやくトラックが、橋のたもとまでもどることができたのは、三十分近くもたってからであった。

「結局、ここ以外にはないわけだ」

三宅が、苦笑をもらして橋のかたわらにひろがるわずかばかりの河原を指さした。トラックは、後部から石を荒々しくはねさせて車体を河原に突き入れた。

圭一たちは、トラックから飛び下りた。

「いい所だろう」

三宅が、海を見渡した。両翼に岬が突き出ていて、眼の前にはおだやかな内海がひろがっている。

「泳ごうや」

望月が、荷台の中に這い上った。

圭一たちも荷台の中で海水パンツをつけると、道を突っ切って波の中に駈けこんだ。歓声があがって、かれらは思い思いに泳ぎはじめた。黄色い海水着をつけた槙子が遅れて砂浜にやってくると、槙子を中心にはしゃぎながら海水を互いにふりかけ合った。なんとなく有川に飛沫が集中され、かれは悲鳴をあげて浜に駈け上った。その不恰好な姿に、圭一たちは声を嗄らして笑い合った。

ひとしきり泳ぎまわると、三宅の提案で潜水くらべがはじまった。体の肥えた有川は初めから棄権し、圭一と三宅と望月が水にもぐった。が、意外なことに、圭一たちがどんなに努力をしても、望月の息の長さにはかなわなかった。圭一たちが、堪えきれずに海面から顔を出しても、望月の体は、透き通った海の底でうずくまるようにして坐っている。海水の中で眼をあげては、平然と圭一たちの顔をうかがっていた。

砂浜に坐っている槙子が、予想外の結果を可笑《おか》しがって手を叩きつづけた。やがて水の中から髪を額にはりつけて浮び上ってきた望月の濡れた顔は、水になじんだ強靭な生き物にみえた。

一時間ほどした頃、泳いでいた圭一の眼に、三宅と有川が海水着姿のまま槙子を乗せてトラックに乗りこむのがみえた。トラックは、河原から出ると、村落とは反対方向の海岸ぞいの道を砂埃をあげて遠ざかっていった。

「どこへ行ったんだい」

泳ぎもどってきた圭一は、砂浜で甲羅干ししている望月にたずねた。

「場所さがしだってさ」

望月は、突っ伏したまま答えた。

場所さがし……圭一は、トラックの消えた海岸ぞいの道に視線をのばした。岩肌の露わになった岬が海上に突き出ていて、白く波頭のくだけるのがみえる。不意に、背筋に冷たいものが刺し貫いた。かれらは、命を断とうとする場所をさがしに出掛けたのか。圭一も旅にくわわったかぎり、かれらと行動を共にする気ではいるが、現実にかれらが場所をえらぶために出掛けたことを知ると、体の筋肉が急に収斂《しゅうれん》するのをおぼえた。かれらに比べて、自分には、まだ心の準備ができていないのだろうか。

西日が、海の色を華やかに染めはじめた。望月は、海に入ると仰向いた姿勢で波に身をまかせながら眼を細めて空を見上げている。

圭一は、心の動揺をふりはらうように荒々しく望月に泳ぎ寄った。

「みんな、本当にやる気なんだな」

圭一は、自分の言葉がさりげなく口からもれたことに満足した。

「そうらしいですよ」

望月は、素直に笑ってみせた。

「君、こわくないのかい」

圭一は、屈託のない口調で微笑しながら言った。が、さすがに頬に妙なこわばりが湧くのを不安な気持で意識した。

「それは、こわいですよ。誰だって同じでしょう」

望月の分別くさそうな眼が、圭一に向けられた。

「でも、みんな平然としているね」

圭一は、自分のおびえをさとられまいとして、故意に顔を海水に荒々しくつけた。

「そう見えるだけでしょう。そういう御本人だって平気そうに見えますよ」

圭一は顔を手でぬぐいながら、望月の声に皮肉な響きがこめられているのに狼狽し、黙ったまま苦笑した。三歳下の望月が、自分よりも年長の大人びた存在に思えた。

「ぼくは、これ以上生きたって仕方がないんだ」

望月は、つぶやくように言った。「今まで生きてくるだけだって精一杯だったし、ほかの人は知らないけど、ぼくは、もう生きていたって仕方がないんですよ」

望月は、朱色に染まりはじめた空を仰ぎながら、波に身をまかせていた。

圭一は、望月のそばに身を置いていることが堪えられない気がして、一人で沖の方向に泳ぎ出した。望月に自分の心の動揺をさとられたらしいことが気恥しく、卑屈感が体の中に満ちた。望月にとっては、旅立ちは疑うことのない死を意味するもので、それだけに圭一の言葉から、決断しかねているおびえをかぎとり、その臆病さを蔑《さげす》んでいるにちがいない。

海岸からかなり遠ざかったあたりまで泳ぐと、圭一は、海岸線を振返ってみた。望月の姿はみえず、その代りに村落の背後の傾斜に西日を浴びた墓石の群れが寄りかたまっているのが、際立って眼に映じた。それは、かなりの数で、一斉に海にむかって並び、その間隙には卒塔婆らしいものが、割箸を突きさしたように立っているのもみえた。

圭一は、波に身をゆだねながら墓の群れの下方に白っぽく並んでいる村落の家々に眼を向けた。炊煙が所々に湧き人気を感じさせはしたが、墓標の群れのようには西日をいききと反射させてはいなかった。むしろ、それは、時化《しけ》の後に海岸に打ち上げられた難破船の残骸のような、薄汚れた木片の堆積にしかみえなかった。

かれは、家々の戸口からのぞいていた数多くの老人や女や子供たちの血色の悪い顔を思い浮べていた。かれらは、おそらく出稼ぎにいった男たちの仕送りを唯一の支えに、海岸線でわずかばかりの魚介類をあさって飢えをしのいでいるのだろう。かれらに比べれば、自分たちにははるかに恵まれた豊かな生活環境がある。それなのに、不遜にも生きることに飽いたというのはどういうことなのだろう。

冷静に考えれば、自分たちには、死をもとめる意味はなにもないのかも知れない。圭一が旅立ちに参加したのは、日々の平穏きわまりない倦怠から脱け出たいねがいと同時に、仲間たちのかもし出す熱っぽい雰囲気に同調した傾きがある。若さの持つ虚栄心・意地から、その環の中にとどまろうという姿勢を維持しつづけているだけにも思える。

村落の者たちは、自ら死をねがうことがあるのだろうか。もしあるとしても、かれらの死と圭一たちの死とは、全く意味の異なった別種のものにちがいない。圭一たちの死は、すべてが過剰なほど満たされている結果から生れ出たものであり、貧しい海辺に住むかれらの死は、欠乏からやむを得ぬ帰結として訪れてくるものが多いにちがいない。村落のくすんだ色と西日に輝く墓石の群れとの対比が、皮肉な意味をもって圭一の眼に映じてきた。死の象徴物である墓石の群れが、澄みきった海の色にふさわしい唯一の生きしたものに感じられた。

視線の隅に、海岸線をトラックが、窓ガラスをまばゆく輝かせながらもどってくるのが遠く見えた。

圭一は、ゆっくりと海岸線にむかってもどりながら、望月の蔑んだ眼の光を思い浮べていた。だが、かれの胸の中には、いつの間にか萎縮感はうすらいでいて、逆に望月の眼の光に積極的に挑んでみたい気持が湧きはじめていた。稚《おさな》い衝動であることは自分にも十分にわかってはいたが、年少で、小柄であるかれに侮蔑されたくはないという意識が、かれの体の中に頑なに根を張ってきていた。

四

西日が、山の傾斜を裾を曳いて這い上りはじめると、急にあたりが暮れはじめた。

圭一は、三宅と手分けして樹林の中に入りこみ、枯枝を拾い集めて河原の一角で火を起した。槙子は、清水で米をとぎ飯盒を炎の上にかざした。有川と望月が村落の中に入って買ってきた鮑《あわび》が、貝殻をつけたまま焼かれた。フォークではがされた肉は柔かく、しかも歯ごたえがあって呆《あき》れるほどのうまさだった。

流れにひたされて冷えた缶ビールが、かれらの間に配られた。炎は、海面を渡ってくる風にあおられ、時々火の粉を散らしては音を立ててはためいた。

「あそこなら申し分ないな、有川」

三宅が、鮑をフォークで突きさしながら言った。

「絶好な場所だわ」

槙子が、代って断言するように言った。

「槙子が言うなら、まちがいないさ」

有川が、悪戯《いたずら》っぽい眼を槙子に向けて咽喉の奥で低く笑った。

槙子には、過去に三回の前歴がある。一回目と二回目は、睡眠薬を大量にあおり、三回目は下宿先の部屋の窓の隙間に目張りをしてガスを充満させた。理由は、ただ死にたくなったという周期的な動機だけらしいのだが、その度に早期に発見されて病院に担ぎこまれたという。その不覚な失策にふれられることは、槙子にとってこの上なく苦痛らしい。が、圭一たち仲間の中で、ことに有川は、槙子を揶揄してそれにふれたがる。

槙子は、表情をこわばらせて拗ねたように口もとをゆがめ、口をつぐむとビールの缶をかたむけた。

「どんな所なんです」

望月が、もどかしそうに言った。

「岩山をくりぬいた短いトンネルがあってな、そこをくぐると道の片側に小さな丘が海に突き出ているんだ。その丘を登りきって下を見ると、切り立った断崖が海に落ちこんでいて、黒ずんだ淵が見える。すごい場所だぞ」

三宅の眼に、焚火の炎の色が遠い火のようにやどっていた。

圭一は、三宅の薄ら笑いを浮べた顔に眼を向けていた。その表情には、死の怖れは感じられず、圭一たちを確実に死にみちびくことのできる自信に似た色が浮んでいる。崖から飛び降りる間は、息苦しいのだろうか。海面に達するまでに、突き出た岩に叩きつけられることもあるにちがいない。圭一の眼の前に、波浪の逆巻く黒い淵がおびやかすようにひろがった。

いつの頃からか、圭一は、自分の首が斬り落される夢にうなされて起きることが多くなっている。漠然としてはいるが圭一は受刑者らしく、処刑の儀式的な筋道にしたがうことを強いられて土の上に引きすえられ、後ろ手にしばられたまま自分から首をさしのべる。死は、すでに避け得られぬ確定された事実になっている。周囲の物々しい静寂の中で、一瞬、首筋に衝撃がおとずれ、頸骨のきしむ切断音と自分の頭部が体からはなれる奇妙な虚脱感におそわれる。同時に、かれの胸の中に激しいねがいが湧き上る。一刻も早く激痛から解放されて死の安らぎの中に身を没したい……と。そして、事実、かれの希望どおり意識が急速にしかも確実にうすらいでいって、やがて模糊とした死の世界に沈下して行くのを感じる。夢の中の圭一は、ほとんど苦痛もともなわなかった死の訪れを謝したい思いにひたるのだ。

かれにとって、死がそんな風にやってきてくれることが望ましいのだが、現実のものとして、果してそうした形で訪れてくれるものかどうか甚だ疑わしい。

恐怖に近いものが胸の中をかすめ過ぎるのを、圭一は不安な気持でじっと見つめた。

「いつ出掛けるの」

槙子が言った。

「明け方だ」

三宅が、反射的に答えた。

「ロープで体をむすびつけ、石をズボンやシャツの間につめこむんだ。あの淵なら海水も渦巻いているし浮び上ることもないだろう。おれたちが、永久に発見されない方がいいじゃないか」

「水葬ってわけか。そいつはいいや」

望月が、眼鏡をずり上げた。

沈黙が、焚火の周囲にただよった。圭一は、かれらの表情を恐るおそるながめまわした。

かれらは口をつぐんではいるが、決して暗い翳りはなく、むしろ団欒にも似た無言のなごやかさが感じられる。かれらは、小まめに枯枝を火にくわえたり、缶ビールをあけて手渡したりしていた。

いつの間にか、圭一の眼には、かれらがひどく奇妙な生き物のように映ってきていた。ビールの酔いと炎に赤々と染まったかれらの顔には安らいだ色があらわれ、その背後には、深々とした夜の闇がはりつめている。炎を中心に輪を作って坐っているかれらの姿が、その闇に彫りきざまれ彩色された坐像の群れのようにみえた。

ふと、圭一の胸の中に、海の底でたゆたっている仲間たちの姿が鮮やかな映像として浮び上った。

——深々とした青さをたたえた海水の中を、絶えず海藻がゆらぎ、大小さまざまな魚影がよぎる。ロープでつながれた圭一たちの体には、それぞれ色鮮やかな微細な魚が、巨大な薬玉《くすだま》のように音もなくむらがり、その小さな口吻が圭一たちの体を小止みなく突《つ》きつづけている。皮膚もはがされ肉もむしりとられて、やがて、かれらの体には白い骨格だけがのこされる。それでもなおロープは、腰骨と腰骨を忠実に連結させてはなさない。望月の片足の骨格は短く彎曲し、槙子の頭蓋骨は、ひときわ小作りなものとして海水の動きにしたがってゆれている。圭一たちの骨は、白い珊瑚の集落のように一個所に寄りかたまっている。

しかし、自分たちの体は、崖から落下する途中で岩に突きあたり、骨もすべてくだけてしまうかも知れない。皮膚がはがされ肉がむしりとられれば、露出した骨格は、くだけた部分から海底に白々と散って、またたく間に海水の流れに四散し、いつの間にか溶解し消滅してしまうだろう。

圭一は、落着かない気分で眼をしばたたき、ビールを咽喉の奥に流しこんだ。呼吸をし、血液も脈打っている自分の体が、全く無に帰してしまうことが無気味な恐れとなって四肢の隅々にまでひろがった。

「漁火《いさりび》だ」

不意の声に、圭一は、三宅の指さす方向に顔をねじ向けた。

水平線に、光の帯が流れている。漁船の数はおびただしいらしく、明るい光がほとんど切れ目もなく点滅してつらなっている。それは、夜の草原に壮大な陣を布く大軍の篝火のようにみえ、光が、水平線から夜空一面にひろがる星の光と同じまたたきをくりかえしていた。

思いがけず、父と母のことが胸によみがえった。型どおりの親子の情愛らしいものはあるにはあったが、かれらは、自分の死をどんな態度で迎えるのだろう。葬儀の折には涙を流すかも知れないが、それから以後のかれらの生活は、ほとんど変化はないにちがいない。ただ同じ家に住んでいただけのことで、父も母も自分もそれぞれに個人個人であって、圭一という個人が消えても、かれらは今までと変りない平穏な日々を送ってゆくにきまっている。

圭一は、突き放されたわびしさをおぼえた。

星の配置がかなり動いて、黒々と突き出ている岬の上方に、切りつまんだ爪のような細々とした月が浮び上った。

「ぼくは、寝ますよ」

望月が、欠伸《あくび》をすると立ち上り、足をひきながらトラックに近寄ると、荷台の中に大儀そうに這い上った。

その後ろ姿を見つめていた槙子が、炎に眼を光らせながら、

「あの子、いくつだっけ」

と、言った。

「十六か、七だろ」

「道連れにするようで、ちょっと気にかかるな」

「なぜだ、今頃」

「あの子、姉さんと二人きりだったわね。婚期がおくれたのも、あの子を育てるためだっていう話よ。生命保険の外交員をしているんですって。死んだってきいたら、悲しむだろうな」

「他人がどう思おうとかまわないじゃないか。あいつは、年は若いが子供じゃないよ、す

っかり大人なんだ。第一、自分から発案したことなんだし、引きとめたってやめるやつじゃない。一人だってやるやつなんだ」

三宅は、眉をしかめると焚火の火に枯枝を大量にくわえた。煙が立ちのぼり、やがて、それが火になった。はじける音がして、火の粉が舞い上った。

「それよりも、槙子」

有川が、酔いで呂律《ろれつ》のみだれかけた声で言った。

「今夜、その体、抱かせてくれねえかな」

有川の薄ら笑いした顔には、冗談ともつかぬこわばった表情がかすかにただよい出ていた。

「御免だわ。あんただけはいやよ」

「じゃ、三宅とか光岡ならいいというのかい」

槙子は口をつぐみ、三宅と圭一に暗い視線を走らせた。

「やめな、有川」

三宅が、たしなめた。

「槙子を女と思っちゃいけないんだ。やるなら仲間以外の女とやんな。もっとも、もうその機会もなくなったがな……。それが、おれたちの約束だったはずだぜ。お前は酔っているんだ」

「酔ってなんかいるものか」

「じゃ、そんなことを口にするな。槙子は、おれたちの仲間なんだ」

「冗談で言ったんだよ。言ってみただけなんだ」

「それなら、それでいい。冗談ならかまわない。でも、もう口にするな」

「ああ、わかったよ」

有川は、萎縮した苦笑を浮べ、そのまま口をつぐんだ。

三宅も口を閉じて、焚火の炎に眼を落した。

「明日は、きっと晴れだわ」

槙子が、白けた沈黙を追いはらうように機嫌よさそうな声で言うと、空を仰いだ。都会では眼にすることのできぬほどの冴えた星が、夜空一面に散っている。

「ぼくも眠くなった」

圭一は、故意に大きく伸びをして立ち上ると、河原の石を踏んで荷台の中に身を入れた。焚火の周囲にひろがっている重苦しい空気からのがれ出たかったのだ。

暗いホロの中では、すでに望月が毛布をかけて寝息を立てている。眼鏡がホロの垂れ紐にかけられ、望月の半開きにひらいた口からもれる寝息には、旅の疲労が重苦しくにじみ出ていた。

圭一は、毛布を引き出すと荷台の後部に横になった。三宅は、有川の槙子に向けられた不謹慎な言葉をなじったが、三宅自身は、槙子になんの感情もいだいていないのだろうか。槙子と三宅の間には、妙ななれなれしさがある。それが異性同士の関係をしめすものなのか、それともリーダーと仲間の一人としての単純な親密感からくるものなのか、表面にあらわれているかぎりでは、いずれともわからない。引きしまった小作りな槙子の顔立ちは、圭一の好みにも合っている。槙子の体を、林の中ででも抱くことができたらどうだろう。

槙子の胸はうすいらしいが、圭一は、その蕾《つぼみ》に似た乳首を唇で吸うことを空想する。その短い柔かそうな髪を、掌でやさしく愛撫してやるのだ。しかし、仲間たちの眼を考えれば、そうしたことはむろん不可能にきまっている。槙子自身も、そんな関係が仲間との間に生じることはきらうにちがいない。焚火のかたわらに槙子をはさんで三宅と有川がのこされたが、かれらと槙子との間には、おそらく何事も起らないだろう。

圭一は、腕をのばして夜光時計の針の位置を見さだめた。十一時を少しまわっていて、秒針が、夜光塗料の光を放ちながら、文字盤の上を清流をはしる魚鱗のように小気味よくまわっている。

夜明けまで五、六時間か……槙子に対する甘美な空想も消えて、再び波浪の渦巻く黒い淵が眼の前にひろがり、圭一は、ホロのはずれから星空を見上げた。

幼い頃、死者は昇天して星の群れの一つに化すのだという話を、祖母からきいた記憶がある。夜空に散った星は、すべて死者の化身で、死者の数の増す速さに応じて星の光は際限もなくふえているのだという。その証拠には、星の光と光との間の色濃い闇を見つめていれば、星の光が後から後から湧き出てきて、満天すき間なく星に埋めつくされているのを知るという。

星の冴えた光を見上げているうちに、その話にもなにか真実感があるように思えてきた。が、砂浜にくだける波の音に、圭一は、現実に引きもどされた。

逃げてしまおうか……、ふとそんな思いが胸の中をかすめ過ぎた。逃げるとするなら、仲間が眠りこんでしまってからが好都合にちがいない。河原から橋を渡って山道を駈け上ってしまえば、かれらから離れることはさしてむずかしいことではないだろう。もしも、見つかって追われたとしても、道ぎわの密度の濃い林の闇の中に身を没してしまえば、それですべてが解決される。

いずれとも決めかねている自分を、圭一は持てあました。旅の企てにもすすんでくわわったし、旅に生き甲斐を感じてこの北国の遠い海にもやってきたのだ。それなのに、死ぬことに未練を残しているらしい自分に苛立ちをおぼえた。

いずれにしても、夜明けまでのわずかな時間に、いずれをえらぶか決めてしまわなければならない。仮に逃げ出すことに成功したとしても、多分かれらは追うことはしないだろう。旅立ちも、そして死も、一人一人の自発的行為で、互いに抑制したり強制したりするものではないのだ。ただ、かれらは圭一の臆病さをわらい、卑劣さをさげすむだけにちがいない。

物憂い疲労感が、足先から湧いて体中にひろがってくる。それを意識しながら、圭一は、無数の星の散った夜空を冴えた眼で見上げつづけていた。

いつの間にか、かれは自分の体がその星の群れの中にゆっくりと昇っていくのを意識しはじめた。眠ってはいけない、圭一は、徐々に光の輪をひろげる星々を頭上に仰ぎながら繰返しつぶやきつづける。が、反面では、まばゆい光に満ちた星の海の、悠長な散策に十分に上機嫌にもなっていた。

体が、揺れていた。トラックの震動なのだろうか、それとも波のうねりに身をまかせているためなのか。

激しい海鳴りの音がしていて、その音の間から遠い人声がしている。救いを呼ぶ声にきこえるかと思えば、はじけるような笑い声にもきこえる。それが、次第に大きくなると、不意に現実味をおびた声に変り、肩が荒々しくゆすられているのに気づいた。

圭一は、眼をあけた。顔の上に、近々と二つの大きなレンズがのぞきこんでいる。

「起きてください。もう時間です」

望月の声だった。

圭一は、一瞬、その言葉の意味をのみこみかねていたが、急に半身を起し、荷台の外に眼をこらした。河原には、かすかに夜明け間近い気配がただよい、谷川で腰をかがめて顔を洗っている有川の背がほの白くみえた。

「顔を洗ってください。すぐ出掛けるそうですから……」

望月は、トラックのへりから乗り出していた体を下ろして、焚火の方に歩いて行った。火は、新たに起されたらしく勢いよく燃えていて、そのかたわらにすでに身仕度をととのえた三宅と槙子が坐り、三宅はゆったりと煙草をすっていた。

波の音と谷川の流れの音だけしかきこえない静けさが、河原にただよっている。その中で、仲間たちの姿は、無言の緊張感につつまれているようにみえた。

圭一は、不覚にも眠りこんでしまったことを悔いた。かれらと行動を共にする心の準備が、今もってできていないことに怖れをおぼえた。樹林の梢には、まだ夜の色の残った空に星のまたたきがみえる。が、その光も、昨夜仰いだ星とはちがってはるかに遠く、そして薄ぼけてみえた。

三宅が、煙草を捨てると立ち上った。

「さ、石を拾ってトラックに載せようや。拳《こぶし》ぐらいの大きさのものがいいぜ」

圭一の眼の前に、ロープでむすびつけられた骨格の幻影が浮び上った。小魚の群れの口吻が、自分の皮膚に一斉に突き立てられる痛覚におそわれた。

「寝坊ね、早く顔を洗いなさいよ」

槙子の薄笑いした顔が、圭一に向けられた。かれは、あわてて靴をはくと河原に下りた。掌ですくう谷川の水はひどく冷たく、樹皮の匂いがふくまれていた。

石が、音を立てて荷台の上にあげられている。圭一もそれにならって、石をつかんだ。夜露に表面が濡れていて、石にも夜明けの色がしみ入っていた。

逃げ出せないでいる自分が、不思議だった。たとえあたりがほの明るくなっていても、谷川を渡って樹林の中に駈けこんでしまえば、その奥には自分の体を没し去ってしまう十分な暗さが残っている。今ならば、それが可能なのだ。かれらは、自分の駈け去る後ろ姿をただ苦笑しながら見送るだけで、なんの感慨もなく出発して行くにちがいない。

「こんなところかな」

三宅が、腰を伸ばした。圭一たちは石を拾うのをやめた。

「じゃ、出掛けましょう」

望月が、トラックの後部に近寄り片足をかけた。槙子が、その体をホロの中に押し上げてやった。

今をおいて機会はない、と圭一は、三宅と有川が運転台に乗りこむのをうかがいながら思った。が、かれの足は自然にトラックの後部に動き、槙子の後ろから荷台の中へ体を落しこんでいた。

エンジンの音がして、河原にガソリンの煙が吐き出され、焚火の炎が激しくなびいた。トラックは、石をはねながら道にすべり出ると、ホロをふるわせて走りはじめた。

焚火の火の色が、岩かげにかくれて消えた。槙子も望月も、無言で海の方に顔を向けている。水平線のあたりは、かすかに白んできていて、その上方に淡い星の光が散っていた。

こわれた機械が、急に始動をおこしたような唐突なふるえが、圭一の体に起った。膝頭がはずみ、それがまたたく間に全身につたわって歯列も音を立てて鳴りはじめた。かれは、ホロの間から流れこむ風にあえぎ、息を吸い込んだ。頭の中には、なにか霧に似た漠としたものが逆巻いているだけで、逃げようという積極的な気力もいつの間にか消え失せていた。

トラックは、大きく揺れ、そしてしばしば曲りながら走りつづけた。

どれほど走った頃だろうか、岩肌をあらわにした短いトンネルをくぐり抜けると、静かに停止した。

ドアの開く音がして、三宅と有川が荷台の外にまわってきた。圭一たちは、荷台の奥からロープを引き出して三宅に渡すと、それぞれ毛布に石をつつんで荷台から降りた。

三宅が、無言のままロープを肩に、道の片側の雑草の生いしげった傾斜の中の細い路を上りはじめた。毛布につつんだ石は重く、その重さが自分の体を水中に深く沈めさせるものだということを感じると、再び恐怖が体の中に湧いた。

ほの暗い路は、つづら折りに曲りながら上っている。太った有川は息が切れるらしく、肩をあえがせては時折り足をとめて息をととのえていた。

路の上方から風が流れ、周囲の草が音を立ててなびきはじめた。路を再び曲ると、圭一の眼の前に遠く水平線が横にひろがった。

圭一は、膝頭がくずおれそうになるのを感じながら足をとめた。仲間たちがただ荒い息をしているだけで口をきかないことが、かれを一層おびえさせていた。かれらは、互いに視線をそらせ合い、思い思いに水平線のあたりに顔を向けていた。

圭一は、胸の動悸《どうき》と口の中の激しい乾きを感じながら、今にも意識がかすむような眩暈《めまい》に必死に堪えていた。抱いている石の重みも忘れ、かれは、ただ水平線の明るみはじめた色を見つめているだけであった。

どれほどの時間がたったのだろう。圭一は、三宅の肩からロープが土の上に落されるのをぼんやりと意識し、そのロープの端が三宅の腰に巻きつけられてゆくのを、身じろぎもせずに見つめていた。

次に体を動かしたのは、槙子だった。槙子のうつむいた顔に、髪がはげしくなびいている。ロープが、望月の腰にもつながった。圭一に、太いロープが差し出された。望月が、かがんで圭一の腰にロープを巻きつけるのを手伝ってくれた。有川が、最後尾になった。

毛布の中から、石が出された。圭一は、かれらにならって石をズボンのポケットに入れ、シャツの間につめこんだ。固いものが、体を重くつつみこんだ。

「じゃ」

三宅のかすれた声に、圭一は、顔を上げた。

その瞬間、圭一は、そこに恐しいものを見出して体が硬直するのをおぼえた。三宅は、微笑を浮べているつもりらしいが、顔には血の色がなく、皮膚が引きつれていて別人のように変貌してみえる。その表情は三宅だけではなく、槙子も望月も有川も顔がゆがみ、唇が歯列をのぞかせてふるえていた。自分だけではなかったのだ……そう思うと、意外なことに胸の底から咽喉もとに妙なものが突き上げてきた。それは、卑屈感の消えた奇妙な可笑しさであった。

三宅の体がかすかに動くと、圭一たちも、それにつられて小刻みに移動した。圭一は、急に緊迫したこわばりが、仲間たちの体に異常な強さではりつめるのを凝視していた。それは、互いに気力を探り合い、確かめ合い、そして自分の内部のものに打ち克とうと必死に戦っている姿にみえた。ロープは、引き合い、強く緊張して、岩のはずれにわずかずつ動いてゆく。

不意にロープが動かなくなり、次には後方に強い力でひかれた。圭一は、後ろをふりむいた。有川の眼が露出し、口が半開きにあけられ、なにか叫ぼうとするらしく、それが息を吐くように動いていた。

圭一の胸に、思いがけぬたぎり立つものが湧いた。それは、有川に対する蔑みと憤りのまじり合った感情だった。圭一は、ロープを引っ張った。力を入れた。有川の大きな体が反りかえった。

激しい動揺が、突然、起った。望月が、なにか叫んだ。槙子が白けた顔に眼を血走らせている。ロープが、強く緊張した。

「行くぞ」

望月の引きつれた叫び声がすると、その体が崖の上からはずみ、呆気なく姿を没した。槙子の体が、その勢いに引かれて仰向きに崖から消え、同時に強い衝撃がロープにつたわり、圭一の体は、三宅の体と前後して岩の上からはなれた。仰向いた圭一の眼の前に、大きく腕をひろげた有川の体が崖の上からせり出し、ゆるく回転するのがみえた。その体から動物的な太い叫び声がふき出ている。

圭一は、自分の体の周囲に風が逆巻くのを感じながら水平線が斜めにかたむくのを見、白い飛沫をあげる波濤を見た。

水しぶきにぬれた岩が、急速に目の前にせまってきた。岩はいやなんだ、岩はいやなんだ、痛いからいやなんだ、圭一は身もだえし、顔をしかめた。が、岩に叩きつけられる瞬間はなかなかやってこなかった。長い時間が流れたように思った。岩肌がせまった。かれは、岩を避けるために手を伸ばした。

指先から掌へと、岩の粗い肌がふれてきた。岩の表面をぬらした海水の冷たさも鮮明に感じとれた。磯の濃い匂いが、鼻腔の中一杯にひろがった。

かれは、眉をひそめ、心持ち顔をそむけた。岩肌が、掌から頬にかけてせまった。かれは、眼を薄くとじた。次の瞬間、皮膚の下の骨がきしみ音を立てて、一斉に開花するように徐々に散るのを意識した。

荒々しくおそってくるものを、かれは待ちかまえた。が、不思議に痛みは感じられず、不意に濃い闇が自分の体をつつみこむのを感じただけであった。

かれは、闇の上方に眼を向けた。淡い星が所々にかすかに浮び上り、それが徐々に光を増して、やがて、闇は冷たい光を放つ星の群れに満ちた。

これが、死というものなのか。かれは、かすかな安らぎをおぼえながら、白っぽい星の光をまばたきもせず見上げつづけていた。

後記

この短篇小説集におさめた十四篇は、二十四歳から三十九歳までに発表した短篇で、つまり、初期作品である。

久しぶりにこれらの短篇を読み直し、ある感慨にとらわれた。

年齢を重ねた現在、小説を書く上で私は、若い時には持ち得なかったなにかを確実に得た、という思いがある。そのことに満足感もいだいているが、若い折に書いたこれらの短篇小説を読み直してみて、たしかに年齢故に得るものはあったものの、同時に失ったものもあるのを感じた。

たとえば、二十四歳で書いた「死体」などを読んでみると、稚さはあっても対象にしがみつく若さ故の熱気が感じられる。現在の私には、このような執拗さはない。

他の短篇でも、それに共通したものがあって、私は、自分の内部に失ったものがあるのを知ったのである。

推敲したいのは山々である。しかし、それは若さだけが備えていたものを削り取ることになりかねない。そのため、あくまでも原型はそのままとし、字句の訂正にとどめた。
これでいいのだ、と思っている。

吉村　昭

解説

荒川洋治

この『吉村昭自選初期短篇集』は、吉村昭（一九二七―二〇〇六）の初期の主要作を網羅したもので、IとIIの全二巻で構成される。

二四歳から三九歳のときに書かれた、これらの作品は、著者の文学の序章であり、原点でもあるだけに、これまでも読者の興味を引いてきた。時系列で並ぶので、その変化も見渡すことができる。初出誌も記しておく。

I巻に収録の「死体」（一九五二・「赤絵」）は、学習院大学在学中に発表された。学齢時から重い肺患にかかり、死生の間をさまよったこともある著者は、死とのかかわりを「死体」という作品のなかに織りこむことになる。

酒をのんで、あやまって線路に転落して轢死した男。その転落は、たまたまホームにいた婦人が彼の体をかわそうとした動作によるもので、その女性は、「この男を一個の物質に変えるきっかけを作った」ことになる。話は終わらない。その身寄りのない男の死体を預かった隣家の女性と、その男との、かくされた関係をそのあと配置する。つまり話は横にひろがっていくのだ。

彼女はそのあと、「物質になってしまった男の体は、もはや女にとって単なる荷厄介なものに過ぎなかった」と感じる。死体が人間的に扱われる側面と、そうではない逆の面が絵巻のようにつながる。単純ではない死生観から、吉村昭は出発した。

「鉄橋」(一九五八・「文学者」)は、ある著名なボクサーの謎の死をめぐって展開する。自殺か事故かはっきりと示されないまま前後の事情が語られていく。なかでも男が鉄橋を歩いていく最後の場面は緊迫感にみちたものだ。ぼくはささいなところにも目をとめた。保線夫たちは、死体収容の処置を終える。死体を引き取る人がやってきて、保線夫たちが引きあげる場面。

〈「行こうか」

年長の保線夫が言った。

かれらは焚火を散らし、黙々とつるはしで土をかぶせた。なにか三人とも、自分たちの果した役割がほとんど報いられないような空虚な不満を感じた。〉

この場面は、労働というほど大きなものではなく、作業という側面で見るほうがいいかもしれない。所定の作業を済ませ、他の人に仕事が引きつがれていくとき、人は誰でもこういう空気におそわれる。いったい自分は何だろう。何をしたのだろうと。こうした普通は本人も忘れてしまうような一瞬の心理を吉村昭はすくいとる。埋もれた情景の集積が、作品のリアリティを強めていくのだ。このあとに書かれる、吉村昭の歴史小説の手法に通じるものがある。

「少女架刑」（一九五九・「文学者」）は、急性肺炎で亡くなった一六歳の少女の死を語る。それも少女自身の「死体」の側の視点で語るのだ。

少女の死体は病院で、金銭と引き換えに解剖される。男たちの好奇の視線にさらされながら、その臓器が次々に失われていく。「女としての臓器や、重要な内臓を取りのぞかれた私の体は、どんな意味をもっているのだろうか」「白布につつまれた私は、自分の体の使命がこれで完全に終ったにちがいないと思った」。少女のうつろなことばは、おそるべき新鮮さで鳴りひびく。初期作品の一つの頂点を示す作品である。

暗いもの、悲しいことを描くとき、吉村昭は、文章全体を明るいもの、輝くものにするという書き方をとる。「少女架刑」の冒頭の文。

〈呼吸がとまった瞬間から、急にあたりに立ちこめていた濃密な霧が一時に晴れ渡ったような清々《すがすが》しい空気に私はつつまれていた。〉

死んだ瞬間から、このような明るさが、少女の「死」をとりかこむことになるのだ。死から光が生まれるのだ。解剖をする病院が迎えにきた。黒塗りの大型車で、少女の死体が運ばれていくところ。

〈家の戸口で見送っている面長な母の顔、臆病そうに半分だけガラス戸から顔をのぞかせている父。その二人の姿が雨の中を次第に後ずさりしはじめた。

さよなら、私は、小さくつぶやいた。〉

この悲しむべき場面も、よくみると、同じことだと思う。「面長な母の顔」「臆病そうに半分だけ」というように、母と父の素描はていねいで、熱度がある。この文章で伝えなくてはならないことは、深い悲しみなのだが、ことばそのものは晴れやかな彩りをもつ。こうした逆転現象が吉村昭の作品では起こるのだ。その文章は、現実を明らかにするという意味で特別なものかもしれない。「さよなら、私は、小さくつぶやいた」ということばが、いっそういとおしいものに感じられてくる。

本書Ⅱ巻の「墓地の賑い」(一九六一・「文学者」)は、墓地に隣接した家に生まれ育った少年の秘密を描く。墓地の「広大な敷地が、豊かな能力をかぎりなく包蔵したものに映じていた」。姉は染色雛(カラーひよこ)の商いをしているが、役目を終えた雛の死骸を、少年は墓地に埋めに行くのだ。それが日課の一つなのだ。雛の商いについて批判的な新聞記事を突然目にした場面では、「家の中に啼声をあげている雛たちが活字の対象になっていることに、奇妙な感じをいだいた」という一節がある。個人と社会のつながりが新奇な角度からとらえられる。印象的だ。

「透明標本」(一九六一・「文学者」)は、透明な骨標本に魅せられ、それを求めていく男の話。バスのなかで女性と隣り合っても、その美醜には興味がない。「ただ、衣服を通して感じとれる骨の形態だけが目的であったのだ」。吉村昭の作品は、登場人物のつねひごろの習慣を記すところから始まるものが多い。死体が出てきても、読む人は、登場人物の習慣を通して物語と結びつき、自然に話のなかに入ることができる。習慣は生命の象徴であり、遠いところに置かれた死を吸収していく。吉村昭の小説は、死の実像を通して、生命の世界をひきよせる役割を果たすのだ。

「キトク」（一九六六・「風景」）は、隠居生活に飽きて、そのさみしさから、母に、「チチキトク」の電報を打たせる父の姿。それがいわば「習慣」のようになっていても、「一人きりで立っていると、現実に父の危篤で駈けつけてきているような気分になった」。小品ながら、生命をめぐるドラマが親しみをもって迫る。

「星への旅」（一九六六・「展望」）は、いまも多くの人を魅了する初期の代表作。青年男女の集団自殺。そこに至る一部始終を淡々と描くものだが、決行前の逡巡も記すなど、こまかいところまで彼らの気持ちに寄り添って書かれている。一編のすぐれた長編詩のように、美しい文章の流れが、作品全体をみたしていく。五人の男女はロープでつながりながら、崖から落ちていく。主人公にも訪れる死。

〈かれは、闇の上方に眼を向けた。淡い星が所々にかすかに浮び上り、それが徐々に光を増して、やがて、闇は冷たい光を放つ星の群れに満ちた。

これが、死というものなのか。かれは、かすかな安らぎをおぼえながら、白っぽい星の

光をまばたきもせず見上げつづけていた。〉

このラストだけではない。途中目にした、まずしい海辺の人たちの通常の死と、「すべてが過剰なほど満たされている結果から生れ出た」自分たちの死を並べて想像するところも心に残る。「星への旅」は、現代の新しい読者にも強くひびくことだろう。

この「星への旅」をぼくは高校二年のときに読んだ。一つ年下の生徒が、この作品を教えてくれたのだ。「すごく、いいから」と。単行本が出た直後だ。「星への旅」を読むことで、これまで見たことのない文学の世界を知った。年下の友人も、その年頃にふさわしく、心のどこかで死への夢と憧れにかかわっていたのかもしれない。それはいまにして思うことで、当時はその感動をことばにできなかった。

どうして吉村昭が、死を扱うようになったか。死を正面にすえることになったのか。それはむろん死を身近に感じた経験によるものだが、そこにはまだ明快に答えることができない要素の一つ二つがあるように思う。むしろそれは、文学それ自身の動きによるものかもしれない。

吉村昭の初期作品が書かれたころは、「第三の新人」の作家たちが、有力な新人賞をもらうことで安定的な評価を得ていた。そのために文学は一つの節目というか、休止期間に入っていた。その空白を埋めるかのように文壇特有の志向性のないリアリズム小説がつづいていたように思われる。それはほんの数年の短い期間だが、文学にとっては、未来がかかる重要な時期だった。吉村昭は「赤絵」「環礁」「炎舞」、さらに丹羽文雄の「文学者」、小田仁二郎の「Z」、そして「亜」などの同人誌で作品の発表をつづけて研鑽を積んだが、それはどちらかというと旧態の文学になじむ体験だったように思う。その履歴のなかに、「少女架刑」や「星への旅」のような清新な作品が生まれる空気はない。見あたらない。

旧態の文学の外部ではない。その内部から、吉村昭の文学が生れ出たことは、特筆すべき事項であると思う。周囲の文学につながりながらも自分の世界がどういうものであるかを胸に手をあてて確かめている。吉村昭にとってはそういう時間だったのかもしれない。めざした作品は明快だった。吉村昭は、死を見つめる定位置から、文学の原標を指し示した。曖昧な空気に包まれた文学の骨格を、鮮明な主題と表現によって、ひきしめた。透明度の高いものにしたのだ。

吉村昭の初期作品は、ちょうどぼくが読書の世界をまだほんの少しも知らないときに書かれている。自分の知らない時期に、実は日本の現代文学は転換期を迎えていたことになる。知らない時代に、とてもいいもの、魅力的なものがあった。手に届かないところに変化があり、動きがあった。新旧の地層も見えていた。それを知ることは自分がどこにいたのかを知ることにもつながるのだ。吉村昭の作品を読むことで、いくつもの大切なものが明らかになる。

（あらかわ・ようじ　現代詩作家）

初出と初収

墓地の賑い　「文学者」昭和36年4月号　『少女架刑』昭和38年7月　南北社
透明標本　「文学者」昭和36年9月号　『海の奇蹟』昭和43年7月　文藝春秋
電気機関車　「宝島」昭和38年夏季号　『密会』昭和46年4月　講談社
背中の鉄道　「現代の眼」昭和39年1月号　『彩られた日々』昭和44年10月　筑摩書房
煉瓦塀　「文學界」昭和39年7月号　『星への旅』昭和41年8月　筑摩書房
キトク　「風景」昭和41年7月号　『彩られた日々』昭和44年10月　筑摩書房
星への旅　「展望」昭和41年8月号　『星への旅』昭和41年8月　筑摩書房

編集付記

一、本書は『吉村昭自選作品集』第一巻（新潮社、一九九〇年）を二分冊にし、文庫化したものである。

一、第Ⅱ巻には、一九六一年から一九六六年の間に発表された短篇小説七編を年代順に収録し、底本の「後記」も併せて収めた。

一、本文中、今日の人権意識に照らして不適切な語句や表現が見受けられるが、著者が故人であること、刊行当時の時代背景と作品の文化的価値を考慮して、底本のままとした。

中公文庫

透明標本《とうめいひょうほん》

——吉村昭《よしむらあきら》自選《じせん》初期《しょき》短篇集《たんぺんしゅう》Ⅱ

2018年10月25日　初版発行
2022年 9 月30日　再版発行

著　者　吉《よし》　村《むら》　昭《あきら》

発行者　安 部 順 一

発行所　中央公論新社
〒100-8152　東京都千代田区大手町1-7-1
電話　販売 03-5299-1730　編集 03-5299-1890
URL https://www.chuko.co.jp/

DTP　嵐下英治
印　刷　三晃印刷
製　本　小泉製本

Published by CHUOKORON-SHINSHA, INC.
Printed in Japan　ISBN978-4-12-206655-7 C1193

中公文庫既刊より

各書目の下段の数字はISBNコードです。978-4-12が省略してあります。

ち-8-1
教科書名短篇　人間の情景
中央公論新社　編
司馬遼太郎、山本周五郎から遠藤周作、吉村昭まで。人間の生き様を描いた歴史・時代小説を中心に中学教科書から厳選。感涙の12篇。文庫オリジナル。
206246-7

ち-8-2
教科書名短篇　少年時代
中央公論新社　編
ヘッセ、永井龍男から山川方夫、三浦哲郎まで。少年期の苦く切ない記憶、淡い恋情を描いた佳篇を中学教科書から精選。珠玉の12篇。文庫オリジナル。
206247-4

ち-8-9
教科書名短篇　家族の時間
中央公論新社　編
幸田文、向田邦子から庄野潤三、井上ひさしまで。かけがえのない人と時を描いた感動の16篇。中学教科書から精選する好評シリーズ第三弾。文庫オリジナル。
207060-8

ち-8-10
教科書名短篇　科学随筆集
中央公論新社　編
寺田寅彦、中谷宇吉郎、湯川秀樹をはじめ、岡潔、矢野健太郎、福井謙一、日髙敏隆七名の名随筆を精選。国語教科書の名文で知る科学の基本。文庫オリジナル。
207112-4

あ-96-1
昭和の名短篇
荒川洋治　編
現代詩作家・荒川洋治が昭和・戦後期の名篇を厳選。志賀直哉、高見順から色川武大まで全十四篇を収録した戦後文学アンソロジーの決定版。文庫オリジナル。
207133-9

よ-17-14
吉行淳之介娼婦小説集成
吉行淳之介
赤線地帯の疲労が心と身体に降り積もり、街から抜け出せなくなる繊細な神経の女たち。「赤線の娼婦」を描いた全十篇に自作に関するエッセイを加えた決定版。
205969-6

お-2-12
大岡昇平　歴史小説集成
大岡　昇平
「挙兵」「吉村虎太郎」など長篇『天誅組』に連なる作品群ほか、「高杉晋作」「竜馬殺し」「将門記」など戦争小説としての歴史小説全10編。〈解説〉川村　湊
206352-5

各書目の下段の数字はＩＳＢＮコードです。978－4－12が省略してあります。

よ-13-9
黒船
吉村昭
ペリー艦隊来航時に主席通詞としての重責を果し、のち日本初の本格的英和辞書を編纂した堀達之助の劇的な生涯をたどった歴史長篇。〈解説〉川西政明
202102-0

よ-13-4
蛍
吉村昭
ひっそりと危うく生き続ける人間たちをも見逃さない人生の出来事。ささやかな日常に潜む非現実をとらえて、心にしみ透る小説9篇。〈解説〉小笠原賢二
201578-4

よ-13-7
月夜の魚
吉村昭
人は死に向って行列すると怯える小学二年生。蛍のように短い生を終えた少年。一家心中する工場主。さまざまな死の光景を描く名作集。〈解説〉奥野健男
201739-9

よ-13-2
お医者さん・患者さん
吉村昭
患者にとっての良い医者、医者からみた良い患者とは？　20歳からの大病の体験を冷厳にまたおかしく描き、医者と患者の良い関係を考える好エッセイ。
201224-0

よ-13-8
蟹の縦ばい
吉村昭
小説家にとっての憩いとは何だろう。時には横ばいしない蟹のように仕事の日常を逸脱してみたい。真摯な作家の静謐でユーモラスなエッセイ集。
202014-6

よ-13-13
少女架刑　吉村昭自選初期短篇集Ⅰ
吉村昭
歴史小説で知られる著者の文学的原点を示す初期作品集（全二巻）。「鉄橋」「星と葬礼」等一九五二年から六〇年までの七編とエッセイ「遠い道程」を収録。
206654-0

よ-13-15
冬の道　吉村昭自選中期短篇集
吉村昭
池上冬樹編
透徹した視線、研ぎ澄まされた文体。『戦艦武蔵』以降、昭和後期までの「中期」に書かれた作品群から、吉村文学の結晶たる十篇を収録。〈編者解説〉池上冬樹
207052-3

よ-13-16
花火　吉村昭後期短篇集
吉村昭
池上冬樹編
生と死を見つめ続けた静謐な目は、その晩年に何をとらえたか。昭和後期から平成十八年までに著された、遺作「死顔」を含む十六篇。〈編者解説〉池上冬樹
207072-1